연변 나그네 연길 안까이

산지니시인선 021

연변 나그네 연길 안까이

박태일 시집

산지니

백 마리에 더 하나.

오느라 가느라, 이순에 튼 물골이 만주에서 멀었다 멀리.

그리움과 슬픔이 호두알처럼 갇혀 뒹구는 땅.

한마디 인사도 없이 떠나온 연변, 연길.

| 차례 |

제 1 부

밤기차

느린 기차를 타고 여름은
더 느려진다
느린 기차는
봇나무 숲숲 건너
차창 멀리 아파트 불빛이
옥수수 알처럼 부서지는
로수하*
깜깜한 마을을 지난다
느린 기차는 느린 여름
어디선가 송화강 물길을 만난 것 같기도 한데
낮고 또 멀리 밤은
그 많은 바퀴 소리를 어디로 실어 보낸 것일까
일찍 깬 역무원은 두리
두리번 등을 흔들고
느린 기차 느린 여름은
로수하
어젯밤에 내려선 저를 벌써
그리워한다.

* 露水河, 길림성 백산시 무송현의 마을　　　　　15

보시 염소

산에서 내려온 듯한 다섯
한 마리만 마구 어리다
둘레둘레 뒤웅뒤웅 엉덩이 뽐내며
새벽을 걸었을 가족
먼 태암 골짜기 따라왔을까
청다관 등성일 탔을까
연집하 물가 수상시장 가까이
두 젖통 비비적거리며 선 채
아침을 오물거리는 염소들
주인은 자랑차게 젖을 낸다
오늘 여러 사람이 얻을 수 있으리라
페트병을 든 몇이 줄을 섰고
먼저 산 이는 젖을 내어 준 염소 앞에
여물을 놓고 돌아선다
주받는 게 사는 이치인데
따뜻한 젖을 베푼 염소와 이제
베풀기 위해 오물거리고 선
네 마리 모두 의젓한 낯빛이다

집안 우리에는 이들 웃대가 될 놈이
기다리고 있을 게다
아침 보시하고 돌아온 녀석들에게
등배를 두드려 주리라 수고했노라
이 아침 길 바쁜 수상시장 한 곁
어느 마을 염소 한 가족
홀쭉해진 두 젖을 늘인 채
먼저 짠 염소는 우두커니
시장 쪽 사람들을 본다.

조양천

마을 이층 숲
참나무 그루터기에 앉아
하양 여우가 존다
배달말 깨우친 누나와 배우는 애토끼
귀엣말 조심조심 걸음 옮긴다
마을 이층 숲 누가 들렀나 누가
한국서도 멀리 부산서 온
너구리 아저씨
여름 물골에 부들처럼 무성한
천자문 배우기 배달말 배우기 책고랑 따라
걷는다 살몃살몃
아침부터 한낮까지 동무들
와도 그만 그만 안 와도
여우는 졸음을 살대발처럼 내렸고
마을 이층 숲 계단 아래로
삼월 고슴도치 찬바람이 구른다
마주 선 소학교와 중학교 사이
전깃줄을 뛰는 참새 떼

양조장 굴뚝은 볼 부어 붉고 높아
집집 지붕 더 눌러 앉힌다
기차역 폐품장 흐린 담길은
부스럭스럭 수수 밭머리로 고개 돌리고
근들이술 두 집만 일찍
등을 밝힌 채
저녁 고양이 기다린다.

개산툰 구월

모아산 질러 넘다
왼쪽으로 내려 서면
화룡에서 룡정에서 너른 평강 들 타고 내린
해란강 걸음걸음
고요하다

동성진 너머 리민 너머
옥수수 키잡이로 서서
파랗게 쏘다니는 구릉 마을
집들은 산협의 가난을 풀풀 날리고
창유리 깨진 틈으로 도닥도닥
옛말 드난다 개산툰

개산툰 구월은
두만강 건너 회령 산천 어디서
오득오득 개암이나 씹는 것일까
걸어 내리고 오르는 시장 마당
지난주 건너왔을 북녘 소식은

어느 집 낮술에 비틀거리고 있을까

아는 이 친척도 없이 나는
이 골짝에 갇혔다
장대교회 붉은 십자가가 국경 철책을 바라고 선
뒹겨장 빛깔 어두운 흙길 따라
룡정으로 연길로 나가는
버스는 그치고

택시 기사 둘 버드나무 아래
버드나무 그늘인 양 빈둥거리는 너머
두만강 수척한 물빛을 숨기며
개산툰 구월은 이제
입을 다문다.

굼벵이는 굼벵이

굼벵이도 연길 굼벵이는 시골 굼벵이
굼벵이 바구니 곁에 굼벵이와 연이 없을 듯 싶은 처녀가
앉았다
굼벵이는 왜 굼벵이라 부를까 구멍을 파든다고 굼벵인가
구물구물 베틀베틀 구르니 굼벵인가

가지도 왕가지 호박도 맷돌 호박 하남 아침시장
까망 크레용을 하나씩 녹여 마신 듯 깨벗은 굼벵이를 보
면서
내 슬픔도 어느 하늘을 걷다 멈출 바람개비
굼벵이 바람개비 같으리라 생각한다.

점등

제 안에 등을 하나씩 켠 까닭인가
해붉은 기러기 알
기러기 알을 쟁이고 앉아 수상시장 구석
늙은 내외가 기러기 죽지를 퍼덕인다

오래 끓인 슬픔이 있었다는 뜻이다
멀리 젊음은 밀어 보내고
조용히 식었더란 말이다
기러기럭 기러기 보이지 않는 연길 들녘

수원 평택으로 아들 며느리 떠나고
오늘도 기러기 둥지 낮은 방에서 푸석
이부자릴 시름인 양 편 채
두 손자 재울 그리움.

모녀

종아리 닮은 둘이
걸어간다 수상시장 아침
산 게 무언지
한 손에 흰 봉투 한 손에
종이 가방 서로 어깨 나누며
걷는다 인민공원 너른 뜰
의자에 앉는다 잠시
어휴 다리야 엄마가 했음직한 말
딸 답변이 빠르다 앉아요
닮아도 그리 닮을 게 없었던지
종아리 안짱다리
안짱다리 종아리
안경을 벗었다 쓴다 딸은
인민공원 곳곳 버들은 위로 벋고
엄마 천천히 가 엄마 힘들지요
모녀 걷는 길섶 파란 포란 잔디의 귓밥
닮아도 그리 닮을 게 없었던지
작은 키 안짱다리

안짱다리 작은 키

엄마는 딸이 그립고 딸은

엄마가 보고 싶어

멀리 다니러 온 딸을 위해

한 상 차림 마련인 듯 오늘

엄마 맘에 무슨 맛난 정성이 바쁠까

딸은 엄마 보석

보석 딸을 아부시고 아침

수상시장 물 건너

인민공원 숲 건너

남은 길을 나누어 든 채

자박자박 걷는 모녀

엄마 가방 이제

딸이 멘다.

근들이술

조양천 옛 골목
근들이술 두 집
어디로 들까

언제부터 두 집이 같이 놓았을까
세 골목 아래 지금은 닫은 조양천양조유한회사
문 열기 앞서였을까

둥두렷한 독아지에 붉은 술 주 자를 거꾸로 붙인 일은
세월이 낡아도 맛은 어김없다는
쥔장 자랑이겠는데
나는 더 낡은 집에서 62도 두 근을 산다

연길까지 30분
수수 고랑이 흙발로 오가는
부르하통하 물길 내려다보며
버스에 앉아 생각한다
약쑥을 담글까 마늘을 담글까 그냥 마실까

26

불현듯 술에 해란강
물맛까지 더하면 좋을 듯싶어
주말에는 아침시장에서 두 물이 만나는
연길도 동쪽 끝 하룡 마을
하룡 오디를 살 작정이다

조양천 옛 골목
근들이술 두 근
오디주로 따르면

마냥 길어질
오디 빛깔 저녁.

굴뚝은 이긴다

솟을수록 힘찬 것일까
회반죽 옹기로 포개포개 겹쳐
높다란 길다란 목덜미
굴뚝의 정체는 해 질 무렵 안다
집집이 사람 기척 그런데
이 마을 굴뚝은 연기 끊긴 게 더 많다
쥔은 어디로 간 걸까 몇 달 안으로
몇 해 안으로 돌아올 것인가
길림이나 장춘 너머 서울로 떠난 것인가
멀리서도 속을 보여 주는 굴뚝
나 살아 있어 뜨겁거든 중얼거린다
모를 일이다 어떤 집은
옹기 대신 네모 나무통을 올렸다
그래도 지치지 않을 높이
더 솟아 굴뚝이 말하려는 뜻은 무엇일까
오늘 부르하통하와 해란강이 만나는
하룡 두물머리에 서서 나는
예부터 하늘 무서운 줄 알고 살았던

할베의 할베 흰 두루마기 연기
게걸음을 본다
마을 언덕에는 천 년
소나무 세 그루가 섰고
그 아래 집집
허물어지고 쓰러지는 땅에서
견디는 이기는 슬픔.

련화와 제비

련화국밥집과 명월국밥집 사이
최씨전통떡메쌀떡집 옥시* 삶아 파는 김 씨
가끔 들르는 닭곰집 창포동닭곰
배달 무료다

련화국밥집 련화는 아이 둘
친정아버지와 국에 밥을 끓인다
개탕 돼지탕은 좋은데 양탕은 왜 내지 않는 걸까
일찍이 련화네 할머니가
삼합 지나 룡정 거쳐 연길에 들 때부터
양탕이 낯설었던가

상주도 화서 아직
사촌 팔촌 산다는 할아버지 고향은
아버지 목주름 같은 골일까
련화네 시라지장국과 내 씨래기국 사이에
두만강 압록강 물소리 서리고
북송 귀환겨레 맞던 청진항 사람들

추위 발싸개가 떠돌고

1940년 북만주 허깨비 '개척민'으로 들어섰다는
할아버지 기억은 없지만
경상도 구미 허형식 장군을 잡기 위해
낯 부딪칠 구미 상주 농민 송사리마냥 풀었던
왜놈 '개척' 수작 알 리 없지만
련화는 오가는 손 연꽃인 듯 맞고
명월은 갖추 가게를 밝힌다

늙은 걸인이 지나자 련화가
포장밥 한 곽 슬쩍 내주는 일
하루이틀 되풀이한 게 아닌 그 일

오로지 련화가 가꾼 까닭이다
수상시장 민족음식구역이 제비 나라가 된 일도

련화국밥집 앞 천정에만 거꾸로 활짝 핀 우산 넷

똥 걱정이었나 했더니
아뿔싸 안쪽은 넉넉한 둥지
천정 벽 모서리까지 분가한 제비
지지조조 지지조조
이 여름 까불고

공은 세우고 덕은 닦아
공 가운데 큰 공은 사람 살길 밝히는 일
덕 가운데 큰 덕은 주린 이 배 불리는 일이라던가
걸인에다 제비까지 한 식구로 거둔 련화는
공덕이 벌써 건너 소돈대**마냥 높은 듯 싶은데

어느 세월 련화와 련화 집안이
홍부네처럼 일떠서기를 바라며 나는
부끄 부끄럽게 웃었던 것인데

연길도 연집하 큰물 든 뒷날 아침
바닥 장을 비우고 장사들 수상시장

윗길로 올라간 틈에 바닥까지 상을 편 련화네
오늘따라 천정 우산꽃이 가까운 참에
쳐다보고 올려보며 내가 수저를 드니
다른 손도 쳐다보고 올려보며
제비와 인사 나눈다

련화국밥집과 명월국밥집 사이
최씨전통떡메쌀떡집 옥시 삶아 파는 김 씨
가끔 들르는 닭곰집 창포동닭곰
민족음식구역

붉은 따꽃 수 흰 두건을 쓴 채
오늘도 제비 나라 련화는
제비 사람 련화는
지비조아 지비조아
웃음 끓인다.

* 옥수수
** 연길 인민공원 뒤쪽에 있는 구룡산. 발해 시대 군사 시설로 쓰였던
곳이다.

흥안 진달래

홍안령은 만주에서도 북녘
몽골 너른 사막으로 올라서는 디딤돌 거기
이른 적 없어도
연길 고을 북쪽에 흥안
흥안 있으니 아침
나는 흥안 길 버스를 탄다

말 떼도 앞세울 낙타 일족도 없이
대나무 젓가락 묶음같이 촘촘한 양회 아파트
아파트 사이를 따르면
흥안 너른 언덕 세 날마다 서는 3 6 9 흥안장
홍안령 고갯마루 먼 한 자리 옮겨 놓은 듯
홰에서 갓 날아난 달구 새끼마냥 나는
달달 장마당을 도는데

검은 흙바람 흥안은 어느 때 흥안인가
지금도 아홉 해나 옛
몽골 다리강가 으뜸 오름에 서서 나는

씀바귀 엉겅퀴 보라꽃 송이송이
소낙빈 양 뿌리는 하늘을 본 적 있으니
흥안령으로 만주로 내리벋은 들은
쓸쓸하지 않았는데

흥안령 오르기도 앞서
흥안장 돌아내린 나
그 길가에 몽우리 진달래
서너 묶음 꺾고 앉은 할머니
진달래 뿌리처럼 거친 몸매로
오가는 사람 쳐다보며 가지를 들어 보이는
이 흥안령 고갯길은 왜 쓸쓸한가
한 번도 머물지 못한 슬픔
한 번도 떠나지 못한 이별

할머니는 연길 둘레 어느 골짝에서
4월 14일 중국 진달래절을 맞아
눈 이쁜 소녀가 찾으리라 여긴 것인가

굽어도 더 굽을 데 없이 바닥에
붙어 든 진달래 꽃가지
남은 숨소린 양 망울망울 가늘다

아 흥안령 흥안령 찾지 마라
봄도 사월 흥안장 진달래 꽃행상을 아는가
다발째 고인 한 삶
나는 아직 흥안령에 오르지 못했지만
오늘 흥안장 언덕에서 만나 다시
헤어진 할머니 곰배 허리와
가는 진달래 꽃가지 한 길이
앞으로 내가 넘을 흥안령인가 싶어
이리 보고 한참
저리 보고 한참
건넌 쪽에 섰는데

흥안령도 흥안 3 6 9장
사람들 바삐 오가는 속에서

진달래 몇 묶음 힘겹게 팔락이는 웃음 보면서
나 또한 먼 아침 가까운
저녁을 생각했는데

진달래에
금달래에
다시 진달래
할머니 피었다 진 자리
이 봄 더욱 간 봄처럼
혼자 기억할 꽃동네 한 골목이
3 6 9 홍안장
홍안 언덕에서 펄떡거린다.

바키

바키약 쥐약 모기약 파리약 있습니다
바키약 쥐약 아침 수상시장이고 홍안장이고
돌아다니는 바키

연길에서는 모든 바퀴가 바키다
살진 놈이나 알 깐 놈이나
바퀴로 구르다 다 닳으면 바키가 되는가

이저곳 어느 골병든 아바이 헛간에도 들고
닭곰집 식당칸도 서성거리며 이저것 탐하지만
바키는 바퀴 떠도는 게 할 일

아는 이 기다리는 이 없는 연길
바키약 먹은 바퀴인 양 차들 바쁘고
바키약 쥐약 모기약 파리약 있습니까

오늘 밤 나는
하늘 시렁 위를 기는 바키

바퀴없이 밤새 돌 보름달.

하늘 걸음

삼월 끝머리
물 풀리어 아래 아래로 달리지만
너럭바위 얼음덩이 하나
강가 제 무게로 떠 있다
한겨울 사람들 지치기 잦았으나 지금은 네 발굽
창 맞은 옆구리를 녹인다
이렇게 추억이 가는 게로구나
강가도 아니면서 한여름까지 녹지 않은 얼음덩일
몽골 남쪽 골짝에서 만난 적이 있었다 그들 먼 인척인가
보다
밑으로 쓸며 가는 물발자국 소리
어느 데 없이 거듭 상처를 받아
이제는 흰 맨살 군데군데 검게 햇살로 지졌다
그랬구나 좌와 우 왼 오른 그런 다툼 속에서도
왼 오른을 말고랑에 새기며 나아온 세월
안팎과 안밖 그런 차별 속에서도
안밖으로만 글고랑을 덮고 싶었던 걸음 그렇게
흐른 내 어제도 저렇듯 뜬 얼음덩이

우리 모두 사는 일은 제 힘으로 디딜 수 없는 하늘 걸음
인 듯
　　이저리 어지럽게 떠돌다 마침내
　　속에서 바깥으로 녹아 내리는 불꽃
　　참자 참으라 늦여름 가을 저녁까지 녹을 리야
　　연집하가 부르하통하와 만나는 마지막 어귀에서
　　더 뜬 몸으로 달려온 아침 노을을 보며
　　종다리 종종 울음 곁
　　녹아내리는 봄 끝머리와 나
　　천천히 헤어진다.

감기에 몸살

여덟 해 앞서
몽골 올랑바트르 긴 거리에서
길 잃지 말라 아프지 말라
울음으로 보내 주더니

오늘 중국 겨레 자치주 연길시
부르하통하 물가 십칠 층 아파트
나 잘 지내라
챙겨 주려 왔다

스물둘 대학 셋째 학년 구월 십이 일
갓 복학한 나를 만나
소낙비처럼 사나운 세월을 다섯 해나 건너
혼인을 했다 구월 십이 일

남들 오가는 제주도 걸음은 물린 채
불국사로 감은사지로
신혼여행을 접었던

하룻밤 이틀

그런 나를
마흔 해나 따라와 준 여자가
지금 폭죽 이어지는 아래
감기에 몸살을 이기려 잔다

혼자 발 두고 입 두기 어려울까 봐
세간을 놓았다 들었다 하더니
하루 이틀 이레
가슴으로 다 안을 수 없는 슬픔이 누워 있다
영하 십삼 도
스웨터에 이불을 껴입고

타이레놀 타이레놀로는 다스릴 수 없는 밤
검은 눈발만 창을 두드리는데

두드리지 마라

이 작은 둥지
감기에 몸살을 감고 누운
느낌표 하나.

노래 다리

옹헤야 또는 산도라지
도라지 캔 어디쯤에서 숨을 돌린 뒤
추임새까지 더하니 격이 드높다 노래 다리
위도 곁도 아니고 공원교
연집하 흐르 흐르다 부르하통하에 드는
깜깜한 다리굴 안에서 노래채 퀀다
여섯 시도 앞서 사람 차 오가고
자두 참외 백두산 꿀 파는 이 손을 기다리는 아래
그이 노래 누가 들을까
중국도 남쪽 참대 숲엔
참대곰이 참대 잎 씹으며 산다는데
연길에선 새벽마다
옹헤야 또는 산도라지 타고
두만강 아래 고향 리원으로 구르는
연길 참대곰
장수 아바이가 산다.

변명

언덕이면 언덕 오르는 곳마다 풍경은 겸상처럼 부푼다 안다 나는 만우절 아침 눈으로만 가늠하던 강 건너 아파트 높은 공사에 들뜬 언덕으로 달려갔다 가다 넘고 내려 구릉을 더 타서 과수원 길로 열고 들자 또 너른 골등 안쪽 다른 사람살이 가지런한 아파트 겹겹 잘 벋은 골목에 개인 단층집 어째 널찍한 연못까지 마련해 끼리끼리 한 물길을 나누어 쓰는 모둠살이 뻐기듯 몰려 앉은 마을을 만날 줄 몰랐다 언덕이고 골짝이고 올라 서면 다가 보면 다른 살림 다른 놀라움 늘 쟁여두고 있다 안다 나는

책방이라 헌책방 들를 때마다 눈에 손에 익지 않은 그들을 만난다 연길 동서로 벋은 도시 거기서 봄을 지피고 사는 여섯 주인 둘은 아버지 아들 가게 없이 좌판 장사 내놓은 책 넉넉한 품이 다르고 둘은 손수레에다 몇 되지 않은 책 그 가운데 한 사람은 아침 시장과 가게를 오가는 젊은이 달리 가게 자리만 지키는 주인은 때없이 문을 여닫는 사람 그 여섯 가운데 재중겨레는 한 사람에 여자 몇 해 연길을 드나들며 만날 때마다 가게와 좌판 지날 적마다 못 본 책이 날개를 달

고 눈 앞을 훌쩍훌쩍 날았다 훌쩍

  도서관에서도 찾기에 따라 몰랐던 그들을 쉽게 만난다 드러난 것보다 늘 많은 날개를 숨긴 도서관 맑은 못물에 잠겨 반짝짝 허리 머리 건둥치는 피라미 버들치를 내려다 보듯 낯빛 반갑다 도서관 들어서는 복도 한 켠에 양회로 빚은 항아리 엉뚱한 크기에 눈길 주다가는 도서관 속 넉넉한 살림살이 제대로 보지 못한다 몇 해 동안 멀고 가까운 이저곳 도서관에 들렀다 비닐 열람증을 참붕어 비늘인 양 매끄럽게 지갑에 넣었다 뺐다 책장이 물살처럼 갈라지는 도서관 시원한 서가 골목을 여름 자멱질인 양 했다 여름

  개혁과 개방 바쁜 걸음에 엄지 검지 발가락 사이 어디라 없이 탈이 났을 것 같은 연변 겨레 사회 거세고 거칠었을 그 동안 들키지 않고 읽히지 않고 살았던 그들 먼지 벌레인 듯 움썩움썩 떨어져 펼치고 덮고 밀어 둔 너른 탁자 위가 미안해 도서관 일꾼이 보기에 앞서 팔꿈치로 옷깃으로 쓸어내고 닦고 일어서는 날 지난 세월 눈 밝은 사람들 공부 길에도 밟

히지 않았던 그들을 만나러 드나들었다 복사에 사진도 어려
울 땐 노트북으로 타타 타타 타박거리며 어느 골짝 콩자갈
밟듯 비오는 봄 황사 짙은 봄을 앉아 보냈다 봄을

　도서관도 나름 혼자 즐거움을 호두알처럼 굴렸던 몇 달
사람도 찾기 따라 반듯한 인연 모난 인연 그런데 예순도 넘
긴 저녁 밥상에 떠올릴 얼굴이 몇 없다 겉사람과 속사람 첫
낯빛과 다른 꼭뒤 보듯 찾기에 따라 넉넉한 세상 마땅한 인
연이 얼마나 많으랴만 나는 오십으로 넘어서는 어느 아침부
터 사람 찾기를 접었던 듯 싶다 나를 찾기에도 바쁜 인연줄
을 바깥 가지에다 걸쳐 두고 바라고 까욱까욱 떠들 수는 없
었다 몇 철이면 다 마를 못물 바닥인 듯 사람 사귐도 십 년
마다라는 사실이 시리다 시린 그 길 걸어 또 십 년 사람

　세상은 생각과 달리 늘 새로운 즐거움과 놀라움을 준다
아침에 달리는 연길 언덕배기 마을 끝자락이 그렇다 중국말
배달말 나란히 달리는 간판이 정겨운 헌책방 크지도 않은
가게며 속에 많지 않은 그들이 송편 소를 보여 주듯 따뜻하

게 맞는 일이 그렇다 도서관도 낯선 어느 곳에서나 알려졌
건 그렇지 않건 내가 머문 곳곳마다 문득 눈두덩 치는 놀라
운 눈매 몸매 그들은 서로 껴안고 깔깔 껄껄 즐겁기도 했다
사람살이도 마찬가지 찾기 따라 산골 마을 어귀 어느 실하
디 실한 느티나무 둥치처럼 그늘 짙고 우람찬 사람도 많으
리라 그늘

　　내가 언덕을 달리고 헌책방을 떠돌고 도서관을 드나드는
일은 연길 아침 저녁으로 고요한 부르하통하 물살을 따르기
위한 일인가 돌아갈 집 삼 층 아파트 기다릴 아내를 만나기
위한 일인가 골짜기도 헌책방 도서관도 모두 햇살 자멱질
부드러운 부르하통하 물길 긴 세월 허리띠로 반짝짝 몰려
흐르고 연길에서도 아파트 십칠 층에서 내려다 보는 풍경은
달라지지 않는데 오늘 아침에는 내외거나 연인일 듯한 젊은
이 둘 붉은 맞춤 윗옷에 익은 뜀박질로 저 너머에서 오는 걸
보며 나 또한 헝겊신 차림에 뜀질 채비를 마친다 뜀질.

눈그림자

늦은 한 끼 저녁을 찾아 오르는
연변대학교 제3식당
가로등 불빛이 걸음 열어 주는 비탈로
폴리폴리 내리는 개비눈

헛되고 헛된 가운데 더 헛된 것 있으니
눈그림자여 다친 마음이여
외눈박이 별이 어디서 흩었는지
이 저녁 내 어깨며 머리를 더듬고 있느냐

나는 잠시 뒤 한 끼 짠 저녁
팔장을 꼈다 풀었다 천천히 씹을 터인데
오늘도 식당 켠은 텔레비전 속으로
웃음을 들이밀고만 있을 것인가

집으로 가는 학생에 차 거슬러
눈그림자 어지러운 십이월 초순
금방 넘어지는 포도주병처럼

나 잠시 비칠거린다.

연길은 영결이다

긴 봄 장춘에서
마산까지 공부하러 왔던 겨레 학생
세무서 공무원에 부동산업까지 겸한다는
아버지 뱃심을 닮아선지 활달했던 처녀
한족 유학생보다 배달말 못했던 영결이가
한국 온 지 석 달 자랑스레 내게 가르쳐 준 것은
선생님 한국 극에는 세 가지가 있어요 희극 비극 야동……
어느날 전자편지에 나 영결이다라 써 나를 웃기더니
졸업하고 고향에 가 공무원 시험을 준비한다던가
사업하러 북경에 상해에 있다는 소식을 받았건만
여섯 해나 더 지난 오늘 연길도
십칠 층 아파트 밖 뜨거운 불빛을 내려다 보노라니
문득 나 영결이다…… 다시 웃으며 편지를 줄 것 같은
아이
장춘이나 길림 어디서 무얼 하고 있을까
상해 어느 무역상 사무실 옆자리를 얻었을까
저 터가 영결이가 걸을 곳이다
영결이 아버지가 거쳐 왔던 길

딸에게 배달말을 가르치지 못한 아버지가
다시 아침을 쬐며 걸어갈 저 터 위로
연길은 내게 영결이다
스물넷 장춘 겨레 유학생
영결이가 웃다 떠들다 간 마산 연구실 창밖 한 장 어둠이
이곳 연길 밤까지 따라와
그림엽서로 포개진다.

입추

비온 뒤 맹꽁이
이리 갈까 저리 갈까
오며 가며
가며 오며

맹꽁이 맹꽁이
한둘 둘셋 다릴 들었다 놓았다
가다 서고
서다 가고

그새 밟혀 널부라진 놈
부르하통하 강가 양회 길

이 세상 어느덧 예순도 넘어
오늘은 연길 맹꽁이 내가
졸래졸래 보름달 능선
혼자 걷는다.

이른 봄

보슬비 오지 않는 거리에도
추억이 찾아든다
연변과학기술대 오르는 길

보슬비는 어디서 온 걸까 마른 눈발 깊던 청다관 수수밭
자락을 내려온 걸까 광흥촌 웃뜸 양 떼와 노닐다 건너온 걸
까 보리밭 너른 고랑은 보슬보슬 펼쳐 놓고 쓴 방학 일기
　보슬비 수업을 마친 아이들은 하교 뒤 보슬비 돌봄학교로
몰려 가려나

보슬비 오지 않는 거리를 걷다
보슬비식품점 잠시
기웃거린다.

제 2 부

부암촌 바라보며

멀리 보면 깊어도
바투 이르니 짝짝이 용틀임하는 마을
지난가을 옥수수 대궁이 죄 누운 밭은
땅심 약한 탓이 아니다
어느 집 아바이가 돌보는 소
스무 남짓 그늘 쉬 먹도록 베푼 일
지난주 북서풍 추운 바람에도 굿굿이 태어난
한 달바기 송아지 배를 깔아
느긋이 땅심 익히도록 도운 일
고구려 성터가 남았다는 성자산 올려보다
해란강과 부르하통하 한몸으로 물길 잡는
흘러흘러 두만강으로 눈길 보낸다
너른 해살받이 실타래 마을과
마을을 묶은 무명실 긴 길
저 골짝 실북 오가듯 지척지척 짠 세월 얼마일까
저 실 기운 눈물 산천은 또 몇 굽일까
생각하고 생각하다 걷다
문득 돌부리 찬다.

소영진 종점

연길도 버스 종점은 연길역 연길서역 모아산 소영진
그 가운데 소영진에서도 더 드는 길
걷다 두고 다시 가로 벋는 길
겨울 막바지 언 쥐와 뜯긴 비둘기가 잿빛으로 함께 마르고
자전거 문득 지난다 허물어진 막사 녹슨 자물쇠
비닐집 쑥갓 상추 오글조글 파란 어금니 윽물고 진저리
친다
종점에서는 집 팜 집 세줌 팔고 줄 딱지만 흐린 낮빛
겨울이라 부르하통하 방둑 나가는 아이들은 보이지 않고
느릿느릿 걸음에 등발 여윈 무덤이 수두룩 걸린다
거기 비에 쓰기를 최에 조 강 씨
그들 모두 배달말에 중국말을 섞고 살았던 사람
흙무덤 꼭대기로 지난 설에 얹고 간 종이돈과
그걸 눌러둔 주먹돌 벽돌이
아버지 어머니 병석으로 달려와 이마를 짚던
아들 딸 손자들 손등마냥 따뜻한데
그 가운데 어느 한 목비
검은 비명 날아가고 백비

백비 아래 짓무른 배 사과 하나
소영진에서도 여기가 참된 종점
종점에서도 한참 더 들어선 곳
그래서 그런지 소영진 종점에서는
얼굴 지운 이들이 잠시 잠시 한길까지 나와
나가는 버스를 기다리고
슬픔을 껌벅이듯 붉은 외등이 서서
삐죽 고개 내민다.

변강이라는 말

셋 다섯 열 스물
구르마에 오르고 밀며 골짝 벌 넘기며
짚신 헝겊신 깁고 싸맨 발품으로 물을 따르며
흘러 흘렀던 바람아 세상에
헐벗고 더러운 일 하 많아도
가진 놈 누리는 치들 밑에서 더 견딜 수 없어
여름 큰물로 뛰었던 바람아 상바람아
압록강이 넓어도 건너면 타작 마당
두만강이 깊어도 헤면 걸음 멍석
흘러 넘치던 월강 월변의 안개 걷고 선
버드나무 진펄밭에 물길 내고 둑을 지어
사월 오월 벼꽃처럼 환하게 웃음도 키웠건만
세상 더러움은 참을 수 있으나 주림은 이길 수 없어
사람인지 짐승인지 가랑잎같이 앞뒤없이 뒹굴며
어려워도 죽기보다 더 어렵다 하겠나
옮겨 참고 다시 모여 살았건만
그 또한 헛되다 잊고 말 일인가
내세울 명분은 흔하나 지킬 정의는 적고

나눌 예의는 많으나 버틸 용기는 보이지 않는 곳
변경이란 무슨 닭다리 개 싸움터인가
남길 일도 들출 기억도 없이
흩어져 쓸린 세월은 무심하여
조선족 한족 핏줄기 경계가 있기는 한 것인가
나라가 무릎을 꿇을 때마다 변강으로 월경으로
흐르다 밟혀 찢겼던 울음
산다는 일은 이리도 무심한 헛걸음인데
저물녘 쓰레기통 뒤지는
저 그늘의 행색이야말로
변강의 꼭뒤라 할까.

이면주

영하 십오 도 새벽
희붐한 눈발 흩으며 달려 수상시장
련화네 개탕을 먹고 나서는데 련화
종이 상자마다 너댓 마리 써 붙인
북조선 숭어 북조선 고등어 연어
그리고 북조선 이면주

이면주와 이면수는 오누일까 사촌일까
동해 이면수가 청진항에 내려 이면주로 개명했는지
시장 바깥 추위에다 물고기
내파는 총각은 이면주와 어떤 사일까
한소끔 북조선만 붙이면 값어치가 더하는지
연길 거리 어디서나 북조선을 만날 수 있는데
북한에서 오셨어요 건넨 내 말에다 북한
북한이 아니고 조선이에요 쏘던
평양 처녀도 가버린 삼꽃거리 개탕집

다리 끌며 홍안시장 언덕받이 오내리는

헌책방 정 사장과 개탕을 식히며 나는
이면수 그는 이면주 한 낯으로 검붉은 양념장을 푸는데
왕청 친정에 누운 아버지 보살피고 있다는
아내는 다시 다섯 해 서울로 떠날 터이고 아내
아내 남편 흔한 짝벗 인연도 흙밥에 묻힌
옛 전신줄같이 끊고 사는 두 사람처럼
이면주나 이면수나 한 끝발
북한과 조선 거기다 북조선은 몇 끝발 차일까

오늘 아침 이면주는 이모저모
팔릴 것인가 자리 뜨며
내가 눈인사 건네니 내가
언 등줄기 이면주가 반짝반짝
웃으며 답한다
이면수라 불러도 돼요.

유리창

등짝이 넓적한 술떡
하남 아침시장 아주머니 흰 술떡에 얹힌
고명처럼 빨갛다 튄 슬픔
얼굴 덮은 검은 옷가지 멀찌기 사람들 섰다
마흔은 넘었을 거라며 십칠인가 십육 층일 거라며
무엇이 분해 하늘 계단을 헛디딘 것일까
여자에게 삶은 그저 밀치기 쉬운 유리창이었던가

다음 날 아침 하남 예술극장 길
은행 앞에 앉은 헌책팔이 정 씨
얼굴을 갈고 코 밑에 딱지를 붙였다
지난주 내가 철남 낡은 아파트에 들러
묵었던 북한 책 한 무더기 사들고 나온 뒤
좋은 기분에 딸과 아내를 불러
칼국수 맥주를 즐긴 것인데
그게 탈 집에 거의 와
간질 발작이 쓰러뜨린 몰골이었다

딸을 낳다 정신을 밀쳐 둔 채 웃기만 잘하는 아내
그이는 당뇨로 십 년 왼쪽 엄지를 잃고
간질까지 덮어쓰고 있었다
일없다며 내가 사 준 빵과 소젖으로 늦은 점심을 건너는
곁에서 미안 미안해서 더 슬펐다
병원도 가지 않고 딱지 얼굴 그대로 앉아 그이는
무슨 빛빛깔 유리창에 갇힌 것일까

집으로 돌아와 복합 마데카솔 십 그램을 들고
다시 달려갔다 복합 복합 걸음마에 마음이 자꾸
무거워 오고 십 그램씩 가벼워 가고
복합 연고 무딘 끝머리처럼
삶은 끝내 찌그러질 뿐인가
그래서 여자는 유리창을 민 것일까
그래서 그이는 더운 여름 손님 없는 계단에 누웠던 것일까
비 오는 날만 빼고 해 내내 거의 나온다는 거리 헌책방

한 여자는 몸을 던져 상처를 끊고

한 남자는 얼굴을 갈아 상처를 덧냈구나
슬픔이 겹겹이 녹아 말라
오늘도 세상 먼지 낀 창턱
예술극장 곁.

입추 온면

안도시장
어느 겨를 겨레 식당 아주머니 하나둘 사라지고
셋 남은 가운데 한 곳은 개탕 소탕 장탕
한 곳은 팥죽 온면 옥시죽
남은 순대집 아주머니 순대 사시오 건넨다
오늘은 입추 나는 땀을 식히며
뜨거운 고수 온면 시키는데
가게 딸은 눈썹 치장만큼 곱게 어머니 일을 거든다
어째 탱실탱실 혀에서 튀는지 온면
밀가루로 이리 맛을 빚는 음식 없지 온면
안도시장 구석에서 오늘은
온면으로
여름을 마저 벗는다.

사드를 위하여

사드 탓에 사단이 난 걸까
서울 텔레비전 가마가 끊겼다
몰래 보다 들키면 오천 원 벌금
살다 보면 뜻밖에 일이 잦지만 조심해도 생길 일은 생긴다
그도 그럴 것이 연길감옥 옛터 가까이 책전 정 씨
한 해 만에 만난 그이 발목이 어쩌나
얼음 구덩이에서 꺼낸 숯덩이
문짝에 뭉텅 끼었던 발목을 헛디뎌 사단을 키웠다
안 되는 놈은 하는 일마다 파투가 난다고
병과 인연만 짙다고 웃는다
쇠심을 박은 발목은 해 뒤 빼는 수술을 해야 한다며
책상자를 펼친다 정 씨네 엎친 데 덮친 살림
오늘도 사회주의 강성대국으로 거듭나자는 광고판이
남쪽 하늘을 향해 높다랗게 선 곳
사단 난 정 씨를 위해 해 줄 일도 없는데
이미 두 달 앞서 산길에서 발목을 접지르고
주먹 비트처럼 부기가 오른 채 달린 탓에
석 달은 쉬라는 내 발목이나 한가지

발목 안에 쇠심을 박은 정 씨나
석 달을 절뚝거린 나나 다 사드 탓이라 하자
오늘은 연길 큰물 뒤 수상시장 나갔다
'한국인터넷생방송 조선족 수리' 명함을 받았다
가마 없이 가마를 뺏기지 않고
와이파이만으로 한국 생방송을 본다는 광고
그러면 그렇지 길이 있긴 한 모양이다
정 씨는 어떻게 깐지게 살림이 나아질는지
옹근 한 시간이나 달려 오늘은 나도
발목 부기가 다 빠진 듯하다.

하늘 다리

아홉고개 넘기 바쁘다커니와
아홉도 마흔아홉 설 쉬고 한 주
바람 맞을 한 다리를 잃었다
어느 봄 방바닥에서 발목 접질러 비롯한 일
해 뒤 문지방에 발목을 찧고
쇠심을 박은 지 다시 한 해
나으면 다치고 아프면 덧치고
집에서 병원으로 병원에서 병원으로
장춘 북경으로 나가지 못하고
연변병원 젊은 의사들에게 허벅지를 맡겨
쇠톱으로 출렁출렁 끊은 나달들
그새 딸은 자라 유치원 교사가 되었지만
한 달 고픈 일자리에 목을 적시다 나와
식당에서 먹고 자고 한국 나갈 꿈만 부풀리는데
아홉고개 넘기 바쁘다커니와
바쁜 세월 저 혼자 바쁘면 될 터인데
어찌 형과 딸까지 더 바쁜가
한 달 병원살이 맡아 주는 형

장애인협회에서 도와주고
형 없으면 죽었다 생각하면서도
형 없이 살 수 없는 몸이 되어 버렸다
말이 책방이지 형이 가져다 주는 몇 권에다 턱을 걸고 앉아
슬프다 누구는 새벽 세 시부터 쉰 군데 연길 파지장을 돌고
요행 죽은 노 시인의 서재를 받아 누구는 창고를 늘리고
누구는 출판사 서고 자료 통째 옮겨 재미를 녹이는데
그이는 마구 달라지는 연길 거리같이
어느새 올라설 쉰 나이
오늘 밤은 꿈하늘 어딜 헛디디려나.

진주도 정가라니

어디서 떠났는지 모르지만
진주 정씨 본관에도 없는 이름을 되새기는 것으로 보면
진주 위쪽 산청 함양이나 그런 곳에서 짐을 쌌을 집안
쉰여섯 그이는 형제 넷에 맏이는 정신이 온전치 못해
날마다 머릿속에 개구리 기르며 개구리 행색하는 사람
가끔 고향에 가면 마을길을 논바닥 기듯 오가고
서울로 떠난 셋째는 어느새 연락도 걱정도 끊은 채
아이 하나 대학 나와 살림을 차리고 산다니
더 다칠 일 없을 사이 아니 좋은가
그래도 연길 바닥에 남은 동생
사는 동안 챙겨야 할 그 막내가 지난해
무릎 위부터 비워버린 일은 이미 아는 일
본디 안도에 들 때부터 증조할아버지 할머니
어디서 온지도 모르고 이 마을 저 마을
겨레 끼살이 그도 어려우면 다시 일어서
끼리로 모여 들고 떠돌기 여러 차례
안도 물가에 묻혀 살다 할머니 묻고 1966년인가 1967년
인가

큰못 만든다며 마을을 일으켰을 때
룡정 로투구로 쫓겨온 할아버지
다시 로투구에 할아버지 아버지 어머니까지 묻혔으니
거기가 고향 거기 형 혼자 남기고
막내와 둘이서 연길 바닥을 도는데
그이 또한 나이 탓에 다리가 자꾸 접혀
어느새 해 질 녘이면 흥안 언덕배기
꼬리릭 꼬리릭 홀로
먹개구리 소릴 낸다.

달라지지 않는 것

달라지지 않는 속에서 달라진 것이 많다
인민공원 허리 새로 닦여 날렵하니 길고
무릎 위로 한 뼘 자르고도 웃고 선 정 씨 다리
또 달라진 것은 물가 버들숲
웃자라 이제는 물길인 듯 아닌 듯 함께 달리고
연변도서관 건너 폭죽으로 공사를 시작했던
아파트 양회집들 부쩍 어깨를 키워 달라졌다
이른바 혁명렬사 멀찌기 누운 렬사묘원
앞길 깎아 차들 내달리기 쉽게 다듬었지만
열사들 저승길 발치 너무 좁아져 달라진 것 많은 연길
헌책방 정 사장은 지하 고완성 가게 보증금을 떼이고
다시 어느 지하 상가 자리를 보러 다니지만
얻지 못해 팔 일도 없을 북한 책값은 등줄 마를세라
기름 친 듯 자꾸자꾸 올라간다
누가 북한을 사랑한다는 뜻인가
누가 북한을 추억한다는 말인가
인민공원 맞은 쪽 높다라니 육 층 지붕 위로 여섯 글자
민족출판대하 광고판을 붙인 민족출판사

족과 대가 날아가 버린 속에서도 육 층으로 올라갔던 서
점이 마침내
  수리 중이라 문 닫은 일이 달라졌다
  달라지는 것 가운데 달라지지 않는 것이 많다
  십 원 십이 원 웃으면서 식판을 건네주는
  천성마트 지하 식당 아가씨 웃음이 달라지지 않았고
  수상시장 련화국밥 련화 옥니도 달라지지 않았다
  연변인민출판사 자료실 정 주임 심어야 할 쇠어금니
  손도 대지 못하고 아직 담배를 무는 버릇
  함께 점심 먹으러 걸어가는 곧은 길
  강성대국 중국식 사회주의 광고판 아래
  만주는 달라지지 않았다.

감자전

다섯에
둘을 더 얹었다

산등성이 골짝 넉넉히 누르던 힘으로
봄까지 내려와
철둑길 백두산 통나무
더미더미 깔고 앉은 눈

1길 2길
3길 걷다 들어선
안도시장 구석

고개 숙여 감자전 굽는
저 아주머닐 어디서 만났을까
북행 열차 바람이 밤가시처럼 민낯을 다듬던 겨울
조양천역 너른 광장이었을까

다섯이면 끼니가 될 터이지만

먹어보고 더 시키라는
익은 말결

어디서 헤어졌을까
붐비는 여름 연길공항 정류장
옥수수밭 상차림 겹겹 건너다 보고 섰던
그 그늘이었을까

그리움도 잠시 잠시 디딜 자리가 필요해
나는 감자전 뒤집는 손길을 더듬는데

아주머니 또한 가는 눈썹 아래로
감자전 비는 내 접시를
아주까리 굴리듯 웃어
웃어 준다.

신촌 봉선화

우리는 친척이 한국에 있습니다
제가 들고 갈 수 있을 정도로 주시면
그러면 가져 가세요 스무 근 이복 형제와
연락은 되지만 연계하지 않고
옥시 가루 막걸리 서른 근 빚어
스무 근 나가면 다시 만들어
일찍 가버린 딸과 아들
대구 부산에도 배다른 동생
아들이 부산에서 씨름 장사 또 하나는 구미시
아버지가 한국으로 어머니를 두고
할머니 두고 내려가서 어머니
할머니 모시다 그래서 어머니 북조선으로 재가하고
우리는 할머니하고 둘이 살았단 말입니다
아버지는 북조선에서 군대 갔다가 한국으로 넘어갔지요
나를 싫다고 큰아버지들이 한국에 있으니까
갔답니다
1990년대 소식이 되자 우리 영감이 돌아가고 저 혼자 되
었어요

외손녀 심양에 대학 다니는데
연길에서 가정교사합니다
일흔다섯 리점조 조자는 오디 변에
손녀 공부시킨다고 해 갖고
모르겠습니다 한국 막걸리 맛이 날른지
미주 스무 근.

살아 가도 죽어 가도

나 죽어 저 길
안도 골짝 걸어 연길 도문 들어
다시 남양 건너서면
열 스물 그리 예순 해도 넘긴 옛
회령 어느 아바이 집으로 개가한 어머닐 찾을 수 있을까

나 죽어 저 길
화룡 개울 걸어 룡정 삼합 나가
다시 평양 아래 길 잡으면
열 스물 그리 일흔 해도 넘긴 옛
휴전선 아래 고향길 재혼 살림 아버지 뵐 수 있을까

전쟁도 벗고 무섭던 문화격변도 가서
할머니 손잡고 자란 내가 소학교 중학교 거치고
안도 임업국 구석 좁쌀 밥벌이할 때
개혁 개방에 한국서 연락 왔던 아버지
그래도 날 부르지 않았던 새어머니 두 아들 세 딸 의붓 형제

다시 만날 수 있을까 할머니 홀로
나와 동생 건지시다 골병이 깊었고
동생은 흘러흘러 수원 어느 식당
조카 병치레로 시름을 깎고 또 깎는다는데 나는
심양 외손녀 학비라도 보태려 옥시 막걸리 담지만

나 죽어 안도 화장장 홀홀 타서
다 못 흩을 무엇이 있을까마는
그 일조차 맡길 이 없으니 혼자 남은 외손녀
어린 옥길이 울며 울며 나를 보낼 때
차마 못 가면 나 어찌하나

할아버지 할머니 어쩌자고 합천 고을 버리고
낯선 만주 벌 끌려와 차례없이 가 버린 뒤
나 또한 딸 하나 아들 하나
먼저 다 보내고 길바닥 나팔꽃
해를 바라 겉만 웃고 섰지만

보소 보소 뒤란 두엄보다 마음 더 문드러지고
장마철 구덩이보다 내 몸 더 무르니
살아 가도 죽어 가도
아버지 어머니 못 만나도
그 넓다는 황강 물에 보름달 띄워보고 싶구려

살아 가도 죽어 가도 인연 없을
웃대 고향이지만
그 물빛 그 산천 한번 울며 섬기고 접네
울 할베 살아와 다시 만난 듯
울 할메 돌아와 다시 안긴 듯.

류순기

새마을서 나서 나는
새마을서 자라 새마을 시집에 한 동네
남편은 합천 사람 딸 셋 아들 하나 큰딸은 한국에
나머지 딸은 북경 광주
심양 남 밑에 일하는 아들
한 해 한 번 딸은 왜설에 나머지는 설에
류순기 일흔아홉 혼자 살지만
잘 키운 토마토
대처 자식 농사인 듯 쳐다보며 마을을 도는데
전깃줄 제비는 두 줄 가운데 한 줄로만 앉았으니
무슨 이치일꼬 한 줄에 지르지르
제르 지르지르 제르르 제비도
더워 살 수 없다던 여름
다락에 올라 울던 애들 같고
그래도 보고 접네
솥훑이 밥가마치 이름도 고약한 누룽지인 양
나를 훑치고 밟던 애들 아버지.

막걸리

세월 흘러 어느덧 십 년 또 십 년
처음 연변 연길 삼꽃거리 저녁을 밟았을 때
뜨거운 횟술에 맥주 부랴부랴 사람을 부르더니만
어느 겨를 연길 사람들
막걸리 찾는 일 잦고 막걸리 공사 좋았는지
아침 시장 저녁 시장 어느 거리 없이 막걸리를 볼 수 있는데
미주 쌀술 이름으로만 치면 단술
어릴 때 할머니 단술이어서 그걸
주자 돌림으로 써 사람을 웃게 만들더니만
1도 3도 6도 어느 해부터 열기가 높아지고
흑미 오디 산딸기 빛빛 더해서
연길 어딜 가도 아리랑 아라리
이 이름 저 이름 곳곳에서 눈길 주는 미주
그래도 쌀술이라면 안도현 명월진 새마을 두 집
합천 할머니 담그시는 미주 같을까

팔월도 팔일 입추 한낮 내 연길 오 층 방에 홀로 마시노
라니

그걸 두 통 들고 내려온 새마을에서 안도
안도에서 다시 연길까지 부르하통하 물길도 들었고
합천 어느 마을서 꼬임에 빠져 대구로 남양으로 도문으로
다시 연길 안도로 들었던 할아버지 아버지의
즐기시던 옛 맛 막걸리도 살아서
그 아버지의 홀로 남은 딸 둘 가운데 맏딸
그 할머니가 나를 만나 글썽거리던
그 아침의 슬픔 찌개미가 동네 개울
마음 골골 파고 뚫고 흘러내리는 듯
그래서 막걸리는 새마을 막걸리
쌀로 빚기 귀해 옥시 가루로 키웠으나
이름에 맛만은 잊지 않고 쌀술인
새마을 막걸리 마시노라면
한낮 고요한 한길까지
나와 배웅해 주시던 할머니
방학맞이 손녀인 듯 핀 원추리 원추리.

깽그랑 깽깽 문 여소

말이 좋아 개척이지
항왜 반만 광복군 기세 싸그리 태우고 지우기 위해
엮고 처올린 이른바 개척민 마을
하고 많은 개척 단지 가운데서도 안도현 장흥 도안골
합천군 예순 가구에 밀양군 마흔
사흘을 달려 안도역 기차에서 내린 날이 1938년 3월 25일
고향에서 보리밭 퍼런 고랑 보고 떠났는데
들판이고 산이고 허옇게 덮은 눈
춥다고 우는 아이 죽을 데로 왔다 장탄식 어른
쪽지게에 잡동사니 얹고 아이들 업고 걸리며
거친 사십 리 개판길 걸었다
이르고 보니 집은커녕 밭도 없는 도안골
속아도 이만저만 속은 게 아니어서
한 집에 고작 뜬내 나는 좁쌀 한 마대
세상 세상 이런 거짓말 어디 있습니꺼
이미 지어 놓았다는 집은 밭은 어디 있습니꺼
남의 나라 험한 산골에 울음이 터졌다
이주민을 앉히려 왔던 이른바 총독부 직원 리 아무개는

한 소리도 못하고 돌아갔고
그래도 양심이 남은 사람 그이 주선으로 해밑에
보내온 농악 한 질에 가마 쪽도리 사모관대 상여
그것들 두고 온 마을 눈물을 뿌렸다

깽그랑 깽깽 문 여소
주인 주인 문 여소
문 안 열면 갈라요
어이여라 지신아
지신 밟자 지신아

정월 초사흘 참나무 얼어터지는 추위 속에서
만주 도안골 첫 농악이 울렸다
지신 밟기 성주풀이가 오막살이 뜨락 감았다
토막 굴을 짓고 밖에다 솥을 걸고 썩은 좁쌀로 지은 밥
한 치 두 치 일군 밭에서 얻은 보리 강냉이
굶은들 한번 설 어찌 쉬지 않으랴
집집마다 막걸리 동이가 나왔다

타향살이 설에 굶주리는 설음이 정월 대보름까지
농악으로 돌았다

고향 고향이 어디요
고향 찾아 무어 하노
만주라 산골에 갇힌 몸
고향 고향이 어디 있노

흰 쌀밥 배 두드리며 먹을 수 있다던 만주가 지옥
개판 뜨고 논을 풀었으나 벼가 되지 않았다
모를 심는 고향과 달리 산종 해놓으면
볏대가 꼬지개덩이 타고 둥둥 떠다니고
여저기 샘이 터져 벼가 여물지 않았다
고향이 그리워 울고 배가 고파 울고
약 한 첩 침 한 번 써보지 못한 채 죽은 핏줄 상여에 실어
보내며 울었다

드디어 왜놈 망하고 을유광복

꼬지개덩이 마당이던 개판도 한 자리 두 자리
개간이 되면서 샘줄기가 머릴 숙였고
벼농사도 꽤 되었다
만주에 들어온 지 열 해 만에 쌀밥을 먹을 수 있었다
도안골에서는 논 따라 한 집 두 집 버덕으로 내려왔다
1949년까지 마을이 앉자 새마을 한문으로 신촌이라 불
렀고
살림이 펴이며 농악놀이가 잦아졌다
설 보름 농악을 단오에도 추석에도 올리고 모를 내며 탈
곡을 하면서도 올렸다

문화대격변 때는 복고로 비판받던 농악기들
봉건 귀신 물건짝이라 없애 버렸다 그 뒤
1979년 되살리고 새로 만들고 대용품을 쓰기도 했다
대격변이 가고 이른바 개혁 개방
새마을 농악은 열두발 행미를 돌렸다
탈춤까지 얹었다

쾌지나 칭칭 나네
고향 고향이 따로 있소
양친 부모 모셔다가
처자식이 주렁주렁
정이 들면 고향이지.*

* 박용일 엮음, 「연변의 농악」, 『두만강변의 첫 동네 하천평』, 연변인민출판사, 2011, 251~253쪽; 류원무, 「새마을의 농악무」, 『우리는 누구?-중국조선족』, 연변교육출판사, 2000, 25~29쪽.

귀향

돈을 태울 수 없으니 돈
다발돈 대신 몸을 태운다
해란강 둑길 새벽 개 소리
뾰주름한 비암산 솔길도 태운다
함께 탈 수 없으니 혼자 탄다 영락공원 불구덩이
오징어마냥 오그라드는 일흔 어무이
저어도 저어도 흘러내리던 두만강 관광 대배에
남은 삶을 내려 보내신 쉰 아부지
더 태울 것도 없는 낯선 나라 대한민국 하늘 아래서
집안도 이름도 마저 태우고 마지막
서해 뱃길까지 태우고서야
구름 마차를 탄다 덜커덩덩
좃선좃선 기러기 한 마리.

내가 지은 옥수수는 고개 치벋고

내가 지은 옥수수는 고개 치벋고
옥수수 자루 자루 칼 찬 왜놈 병정처럼 고개 쳐들고
내 농사가 내 것 아닌 세월
주가 도안 두 곳 다 건너 만디 포대 두어 감시하면서
합천 예순 밀양 마흔 집
대구 서울 도문으로 딱 들어와 백 호
합천 밀양이 한 기차 탔는데
처음 들어와 막을 지어 잘 수도 없어
먼저 화전 들어왔던 겨레의 곁방 끼살이로
막 짓고 거적을 내어 물을 끓였는데
밀양은 읍내 삼랑진 무안 덩거정띠기 청도 사람
큰집 작은집으로 혼례도 다른 곳에 보내지 않고
고향에서 살 적부터 없는 살림에 입 하나라도 줄이느라
딸 자식 일찍 보내 버려 이곳 와서는
예닐곱 여덟 살 시집 보낼 만한 처녀는
볼 수가 없고 열대여섯 소녀들
  아들딸 다 있는 집에서는 딸 먼저 보내면 아들 장가 들이
기 힘들어

세 집에서 삼각으로 아들딸 바꾸어 주가 마을 등 너메 도
안 마을
　그러구로 사돈 맺고 살아온 지 여든 해
　세월 흘러 밀양 사촌과 만나
　일본 동경으로 편지해 1988년부터 한 주일 방송해서
　또 찾아서 1990년부터 갔다 오가곤 했던
　밀양군 무안면 동산리
　거기서 큰집은 남고 작은집은 만주로 세간 떠내려 보낸 일
　아버지 혼자 들어와 이른바 개척민
　왜놈 병정들 이밥 처먹으려고 만주가 살기 좋다 하니 들
어왔으나
　숯 굽고 밭도 치고 그리 살았던 날들
　비탈에는 밭이 갈대숲에는 논이 풀렸다
　아글타글 낮에는 달려드는 등에에 뜯기고
　아우성치는 밤 모기에 물리면서
　박달나무도 쩍쩍 갈라지는 추위
　처음에는 산종 뿌리기로 벼를 키우다 다시
　모내기로 바꾸었던 세월 몽땅

건둥치기 개간 개간이었는데 먹고살아야 하니
왜놈 아새끼 병정들 건너 산에서 홍군과 얼마나 싸웠는지
연길로 도문으로 패잔병 달아나고
그 뒤로 소련 홍군이 들어와 가을에
백 명이 총을 까꾸로 메고 떠나고
토성 밖에서 묵을 거 돈 내놔라
훈춘으로 도망치며 총 들이대 도둑질해 가져가고
주가 마을에서는 왜놈 비행장 레이더를 뜯어
학교 난로를 만들고 다행히 한족과 사이 나쁘지 않았지만
우리는 개다리를 한 것도 없는데 한족 새끼들
오랑캐로 잘못 보아 다 죽이려 들었는데
피신을 갔다 산으로 다시 돌아오기도 했는데
왜놈이 먹는 것도 낮게 주고 이른바 이등 신민으로
한족과 차별했다고 한족은 논농사 짓나 밭농사밖에 없는데
궐안 책임졌던 권력자 천병군 서북에 천병군이
막아 주어 대공을 세웠던 사람
끼살이로 몸을 붙이고 지은 집자리
1948년 가을에 정만구 대목수 한 집이

먼저 도안 웃마을에서 내려오고

1949년도부터 한 집 한 집 끝난 지가 1951년

초가로 지어 여름은 더워 말도 못해

동삼에는 영하 삼십오 도 주가 마을도 집 짓기 시작해 같
이 내려오고

내려와 잘 먹고 잘 살자 한 것이 숭년

몇 집 나갔다 돌아오고 갔다가 이사 오고

왜어는 배우다가 못 듣는 말은 없었는데

맨발로 학교 다니고 중학교는 안도로 연길로 나갔지만

공부도 못해 농사 짓는다고 필업은 했는데

장개석 군대 모택동 군대 싸움은 비껴가서

한글이래야 1949년도에 조선학교 필업생이 가르쳐 준 일

말도 못해 그때 학교도 더워서 맨발로 댕길 수 없어

한데가 더워 다락을 만들어 그냥 산 시절

1947년돈가 1948년도에는 장질부사

아들 한 살 두 살 홍진도 약이 없어 상사 나고

장질부사가 씨리잽이할 때 아버지 쉰넷에 돌아가시고
1953년

누구 집에도 못 가고 열병이라 한정없이 죽어 나갔지

1952년도에 소학교 필업하고

형은 항미전쟁 가고 1953년 칠월에 중국에 와서 치료하다 사망

자식이 셋이면 둘째부터 무조건 전쟁에 나가야 하는데

열아홉 살에 동북전쟁부터 형이 나가고

조선까지 해방시키러 갔다

1949년도 중화인민공화국 섰는데

시월인가 살아 있는 조선 군인들 모두 조선인민군으로 편입시켰지

1950년 6월 25일에 조선전쟁이 터지고

전쟁이 터지기도 앞서 벌써 조선에 다 나가 매복해 있었어

산에 딱 붙어 있다 6월 25일 되자 공포되자 부산까지 내밀었지

중국에도 포탄이 떨어지자 항미원조 내세우며

세 갈래로 디밀어서 휴전선까지

두 개 나라가 열여섯 개 나라를 싸워 이겨서

다 못 먹고 휴전선 안 끊었나

공동묘지 자리는 1947년돈가 1948년도에 서기 시작해서
자식들은 팔구 할 모두 한국 가버리고
고향은 다 잊어도 그것도 그렇지 여기서
농사 짓다 1957년도 백산 임장에서 일곱 해 있다
합천 사람 밑에서 일하다 북조선이나 구경 가자
두만강 건너가 한 구월까지 있다 왔지
북조선에서는 통행증 없이 건너갔다 왔다 그랬는데
변강 부대도 놓아 주고 1960년대 갔다가 돌아올 때
북조선으로 가는 사람 많아서 한국보다 더 좋고 최고였던 때라
주은래가 소련 애들 빚 갚는다고 어려울 때
여기서 사람 막 죽어 나가고 할 때
건너가고 할 때 물이 져 어지간해도 물살에 감겨
삼합에서는 두 백 미터 넘는 길로 건너갔다 얼마나 죽었노
그물로 사람을 건졌는데
주덕해 있을 적에 원래 천지가 중국에 앉았는데
원래 7분의 3이었는데 주덕해가
3대 7로 변경선을 되게 들여 쳐서 주 버렸지

나이 많거나 젊거나 북한 나갔다 다 죽었고
못 먹어서 콩깍지 부셔 나무 껍질 해서 먹고
싹 다 가져가고 먹을 것도 없고
창고 쌀도 마음대로 먹을 수 없고
농업 협동화도 조선 사람은 조선 사람끼리
한족은 한족끼리 마음 맞는 사람끼리 두 개 대를 만들어
있다가
　중앙에서 인민공사로 넘어오게 되어 소조는 다시 세 개씩
　1956년도 1957년도 향으로 넘어가 향에서 수출하고 농사
짓고
　향이 지나자 다시 인민공사는 다 같이 하게 되어 있었다
　지금은 살기가 나아졌지 나라에서 노인들 돈 주지
　의료보험 좋지 10분의 7 해주고
　아내는 보호국 있을 때 알게 되어 1964년
　열여덟 살에 만나 이도백하 내려와 살았지
　삼지연으로 해갔고 백 호가 내두산에 사는데 친정은
　북조선에서 도망해 와 온 게지 류민이지
　혼인해서 여태까지 살고 있고

입업장 한족이 꼴라방정 꼴라방정 더러버서
내 농사 땅 파 먹으러 왔지 새마을
2000년까지 짓고 말았지
한국에 왔다 갔다 호적이 거기 있다고
국적 다 했다가 조상 산소도 있고 그래도
포기했지 확인 전화 왔더만 내가 모른다 해 버렸어
안 들어갔다 임시 국적 다 나온 상태에서
딸은 한국 국적으로 되어 있고 중국도 있고
앞으로 선택하게 되지
도안은 모두 조선 사람
들어온 사람들 다 사망되고 없어
지금은 북한에서 이사 온 사람들
평생 여기서 나서 평생 여기서 사는 셈이지
그렇게 된 기라
한국 국제전화
딸은 박미란 창원에서 간호조무사
제일 힘들었던 일은 내 전화는 들어가는데
큰집 형수가 안 받더라 아이가

아내도 지난해 세 번 올해도 세 번
연변병원까지 갔다가 예순 할머니
죽는다고 굴굴거리더니 지금까지 살아났어
이게 다 사촌 형이 해 준 것
한국에 놀러 여러 번 가면서 일도 하고
팔월 추석 때도 가보고 사촌 형은 잘했어요
생활이 다들 곤란해 대학 다 필업했다 해도
이제 남아 있던 편지들 태웠지
요번에 편지 다 태웠어
필요 없다 이제 누가 볼 것도 없고
1985년도 친척 찾는 것 편지 왔다 갔다 한 내용들
에이 잘난 편지하고 다 태웠지
아버지는 여기서 산소 내고
우리는 이제 묘 안 써
날리삐야지.

명태는 찌고

원래 한 채 두 집이 나누어 살다 뒤에 와 한 집이 한 채
일흔 집 서른다섯 뒤에 와 이제는 독집으로 지어
웃대 사진이고 글발이고 하나도 없어
며칠이나 걸렸는지 합천서 나와
할아버지 대구역서 왜놈에게 맞아 아픈 몸으로 도안골
들어
시름시름 한 해 만에 돌아가시고

마을엔 줄 지어 성냥갑 집이 가로세로 한 채에 두 세대씩
한 세대 방 한 칸 부엌 한 칸에 살고 마을 둘레에는 꼬지개
덩이로 토성을 쌓고 토성 네 귀에 포대를 세웠는데 마을은
십자 길로 네 등분 중심에는 높직한 망루 망루에는 레루
토막을 매달아 종 대신 쓰고 마을에는 괴뢰 만주국 경찰
이 몇 놈 와 있었고 마을 사람으로 짠 자위단이 밤마다 번
갈아 경계를 섰고 만척회사 놈은 토비를 막기 위한 일이라
말하지만 기실 이민들이 달아나지 못하도록 감시하고 항
왜련군과 오가지 못하게 하느라 그런 집단부락을 만들고
보초까지 세우고

왜로와 만주국 놈들은 너무 센 공출 임무를 안기였고 이
민을 통제하고 항왜 토왜 유격대의 래왕을 막기 위해 사오
십 리 사이에 경찰분주소 세 개 철도경호대분주소 두 개를
세우고 촌에다는 촌공소 협화회 흥농합작사를 세워 못살
게 굴었는데 이민들 가진 모든 것 논 밭 집 부림짐승 농기
구 죄 만척회사 것이였고 지어는 그들 몸까지 만척회사 소
유나 다름 없었는데 혹 달아났다 붙들리면 본디 살던 마을
에 끌려와 죄인 취급 당했는데 죄명인즉 만척회사 빚을 갚
지 않았다는 것인데 빚은 자꾸 새끼 쳐서 갚아도 다 갚을
수 없는 것이였으니 이민살이 하기만 하면 대대손손 왜놈
노예 신세 면할 수 없는 것이어서*

제사 지낼 때 진설한 것 나물을 많이 놓습니다
　도라지 고사리 콩나물 산나물 그것은 꼭 있고
　돼지고기 명태는 쪄서 놓고 문어 낙지 그런 것이 여기선
없지
　과일은 포도 좀 심고 돌배 좀 심고 영정 사진도 놓고 지방
을 읽고

아버지 돌아가시고 오라버니가 다 썼는데

태우고 그랬는데 이제는 못하고 막걸리 놓고 비빔밥 해 갖고

남자들은 술 마시고 여자들은 비빔밥 해서

추석에도 설에도 아침에 딸들이랑 와서

할메인데 와서 떡국 끓이는 데 와서 인사하고

조상 제사 모시고 아침 할메 할베 제사까지

오라버니가 한가위 앞에 가서 벌초했는데

지난 새 다 돌아가시고

저는 모른답니다

벌초는 합니다

한국에 간 사람은 부모 제사에 못 오니까

한족에게 돈을 주고 벌초해 주고

과자 과일 사다가 던지고

지금 시대가 확 바뀌었습니다.

* 김용두, 「상지현 어지향에서 이민살이」, 『결전』(중국조선민족발자취 총서 4), 민족출판사, 1991, 16~19쪽.

마반산을 달리다

백두 밀림에서 우지끈 솟구쳐
내렸다 되솟아 떠난 곳
그이와 그이 말이 머문 자리에 그이는 없고
말안장 닮은 산만 남았다

사람들은 그이를 장군이라 불렀고
시인 육사는 초인이라 썼지만
묻힌 곳 어딘지 모른다
구미 선산에서 태를 받아 1942년 초여름
만주벌에서 숨을 지운 서른셋 허형식

광복군 발길 살길 마저 끊으려 왜놈 군대가
구미 선산 남녘 농민까지 데려다
이른바 개척농장 울을 쳤던 북만주 너른 땅
연수 주하 오상 목단강은 먼 곳

오늘은 그이 떠난 뒤
그이 손녀 같은 이가 메밀전병 굽는

연길도 하남시장 연길감옥 터 뵈는 언덕

발자국 어지러운 양 떼만

엠엠엠 울며 지난다.

제 3 부

연길 아다다

아다다는 아다다
님에게 전할 말 없어
님 맘에 깃들지 못해
눈짓 손짓 그게 어느 강산 펄럭임이냐고
아다다 돌아설 수 없어
아다다는 아다다 답하라 떠밀지만
초여름 연길도 서쪽 트인 들까지
어느 아다다가 어드메 산다든가
아다다는 아다다 노래는 날을 새는데
가슴에 박힌 못자국도 없이
사랑도 지치면 어디 어디로 떠난다는 겨울인데
아다다는 아다다
울먹울먹 검은 눈에
홀로 걷는 연길 밤.

도서관

얼었다 녹았다
모자를 썼다 벗었다 사월
나 또한 겨울옷 입고 또 벗는데
처녀 마음 봄날씨라지만 처녀도 나름
얼었다 녹았다 부르하통하
서고 앉은 낚시 줄낚시에 그물까지 한두 사람
아기손 참붕어며 까망눈 버들치 통발로 건지는 겨레 아
저씨
오늘은 일찍부터 자리를 본다
나 또한 무슨 낚시꾼인 양
노트북 검은 가방 두르고 물통 하나
부르하통하 갓길로 씩씩하게 도서관 간다
아파트 높은 새 하늘과
허물어져 뜯기는 옛 마당집
갖가지 세월진 구석 쓰레기
그 가운데 배 부르넉넉 동이 하나
테를 두른 목으로 이 추위에 넘어져 존다
다시 쓸 요량일까 붉은 벽돌

그래도 살아갈 힘을 잃지 않은 어른같이
무데기 데기 모여 앉았다
더 나이 든 누군가가
몰다 둔 것이다
날씨 풀리면 와서 돌봐주려나
걸으나 뛰나 삼 킬로미터 금방
오늘도 도서관 간다
넓게 잔디 넓게 키운 광장을 질러
노신 동상이 붓 들고 동쪽을 바라보고 앉은
뒷문으로 든다 8시 30분
한낮 네 시 너머까지 마음에 붓질할
물통 들고 노트북 메고
청명 한식이라 구내식당 문 일찍 닫는 줄 모르고
평소같이 들어섰다 나와
빈 속 올챙이 물로 다신 뒤
눈에 짝불 켠 듯 북한 잡지 뒤적인다
며칠 앞부터 텔레비전에서
이른바 혁명렬사 추념을 거듭하더니

그랬구나 며칠 앞부터
부르하통하 이저곳 죽은 이를 위해
누런 종이돈 붉은 편지글 태우더니 그랬구나
아침이고 낮이고 폭죽이
청명 한식 세 날 명절에 앞서
연길 고을 부산스러웠구나
나는 종이돈 편지글 태운 검은 자리를 헤면서
부르하통하를 달리고 걸었다
도서관 이 층 창가 붙박이 자리
노트북 어루만지며
삼월과 사월 하루 하루 앉아서 서서
폭죽 오르는 소리 보냈다
사람 나이도 지나온 길도 그렇게 보내고 나면
책장에 꽂은 책처럼
다 편안하고 가지런하다
새로 만난
『순간 북조선 통신』
처음엔 이른바

114

미제 반역도당을 만나고
리면상과 김순남 최석두와 박산운까지 거드는
『조선음악』한 구석에서 조운의 발자국 소리 듣고
다음 제주도 남로당 폭동 총책 강달삼을 만나고
그가 두고 떠난 리덕구와 헤어지고 임순득
여자 작가 드문 북한에서 더 키 작은 리정숙을 만나
악수도 없이 돌아온 날 저물어
흰술 한 잔이 그들을 보냈다
다음 날은『인민』『국가보위를 위하여』
전쟁기 잡지들 뒤섞여 시끄러운 도서관 책장 위에서
따다 따다다 내 노트북 자판만
추위를 이기려는 듯 바빴던 며칠
어느 할날엔 옥에 간힌 리원조
칭찬받다 미움받다 뒤집혀 도는 세월을
잘도 건넜던 때가 서너 해였던가
어제까지 함께 웃던 기석복 안함광이며
모두 나서 자기비판 비판 판 소리치는 마당
강호와 신고송은 더 기다려야 할지 모른다

전쟁이라 전선 일로 국립극장 일로 더욱 바빴을 그이들
그리고 어제
전쟁기 백석까지 만났다
어느 구석에서 소련 말 번역으로 먹고 살았던 그이가
끝까지 속내를 숨기려 했던 낯빛
박일파가 자신임을 세상이 알아챌 수 있도록
번역시 시줄을 자기 시꼴과 같이 내어쓰기로 적은 버릇은
전쟁 앞에도 한 일
광복 앞에도 한 일
그이가 세상의 들여쓰기 버릇과 다른 길로
시줄 처리를 한 뜻은 무엇일까
무슨 고집이었던 것인가
오늘도 아침 일찍
나는 즐겁다
검은 노트북 가방에 물 한 통
따뜻한 차로 채웠다
어느 불행했을 전쟁기 작가가 목 마르다면
나눌 생각이다 돌아오는

부르하통하 갓길 민들레라도 보이면
나 한 번
민들레 한 번 머금고 함께
웃을 생각이다.

도서관 공놀이

김 여사 큰 키 공을 탕탕
높고 넓은 도서관 한낮 오가는 이 없고
책과 나 그리고 텅텅
작게 놀다 크게 놀다 실내 배구 조심스러운 일
처녀 땐 연변대 선수였다 자치주 선수
여덟 번이나 길림성 우승을 했다는 솜씨
웃으며 귀띔 준 망가진 무릎 연골과 갱년기
두 해 정년 뒤면 한국서 수술을 하리라는데
1992년부터 식당으로 공사판으로 떠돈 한국 길바닥만큼
김 여사 무릎도 닳였을 것이다
한낮 도서관을 도는 탕탕 텅텅
내가 누르는 카메라 차잘 차잘칵
　그러고 보니 나는 중학교 때부터 여지껏 일본제 카메라
를 들여다본다 올림푸스에서 시작해 소니 잠시 삼성으로
떠밀렸다 니콘 다시 캐논으로 그러고 보니 내게 배인 섬나
라 물맛
　그미 손바닥은 한국 어디 물맛을 으뜸으로 기억할까

피라미 쉬리 꺽지

도서관 김 여사는 어제 큰 키로 웃으며 내게

부르하통하 해란강 두물머리에서 잡은 물고기를 건넸다

작은 놈들 손질해 찌개로 끓이라는데 감자에 된장에 처음부
터 양념으로 맞춰야 한다는데 한 번도 물고기 장만을 해 본
적이 없다 나

그미 외가는 함북 길주 구국열사

어린 아들을 시어머니에게 맡기고 관광비자로 처음 서울
에 들어가 종로 복지여관 들었을 때부터

사흘 죽은 듯이 지내다 칼국수 한 그릇에 정신을 차려

다시 불법체류 네 해를 견디기로 작정했을 때부터

복지여관 늦은 밤 남녀가 옹앙거리는 소리도

무슨 괴롭힘 당하는 무서운 일인가 알았다는 그미

서울로 경기도로 전라도로 흐르면서

모은 삼십만 원으로 고향 연길 친정 어머니 집까지 마련
해 주고

김 여사 그 뒤로 씩씩하게 살았던 세월을 나는 모른다

슬픈 날 기쁜 날 그리웠을 두물머리 물길에서 아가미를

다듬은 피라미 껍지 끓여 저녁에 먹었다
  어느 것이 부르하통하 맛이고 해란강 맛일까
  그들이 노닐었던 물밑 세상
  울컥 밀려 오는 물비린내도 잠시
  냄비에다 고추장 된장을 풀면서
  하루 하루가 이렇듯 제대로 끓으면 좋으리라 생각했다
  껍지 피라미 쉬리

  한낮 공소리는 서가를 깨우며
  모두 해바라기하러 나가라는 신호같다
  책들 옆구리가 들썩거린다
  나는 맨 뒤쪽에서 카메라를 들이대고
  그미는 들머리에서 공을 들이대고
  도서관 두 끝에서 우리는 어쩌면 가락을 맞추는지 모른다
  김 여사는 연속간행물실 거의 차지한 중문계
  나는 좁다란 조문계 자리 구석
  책 속에서 리극로며 최승희며 딸 안승희며
  리인성 조량규가 들락거리고 나는 그 뒤를 달리는데

그미는 내가 일흔 해도 더 지난 옛 속으로
들었다 나왔다 가쁜 전반 경기를 모르리라

김 여사가 졸기 시작하면
내 책 속 사람들도 존다.

홍옆은 떠다닌다

붉을 홍 부르짖을 규
한문어로 '紅叫'라 적고
'홍옆'이라 함께 썼다
붉게 부르짖는 것은 무엇일까
무슨 다른 소리 다른 뜻이 있는 걸까
나는 저 규를 이름에 올린 이를 안다 조순규
얼굴이 얽었던 무명 시조 시인
1920년대 끝자리 동래고보 학생들이 숭늉 마시듯 동맹휴
교 꿈꿀 때
동래경찰서 유치장에서 종아리 뼈를 드러내며
무릎까지 울음을 싸맸던 청년
그 울음 지키기 위해 이웃 일신녀학교 처녀 로사가
아침마다 먼 발치에 섰다 가고 섰다 간 세월이 열 달
그이가 미술 유학을 버리고 아버지 곁
울주 고향에서 손자나 낳을 시골 젊은이로 주저앉을 때
로사도 다른 지붕을 인 여자로 떠나고
그런 세월을 지킨 그이가 이름에
부르짖을 규 짐승이 울 규를 썼다 그이가

아버지 남겨준 세간과 집문서를 늘그막
재혼녀에게 썰어 주고 층계 층계에서 굴렀던 일은
로사의 그림자를 지우지 못했던 탓일까
삼월 가고 풀리는 부르하통하 물길 따라
아침시장 다시 선 날
시장을 둘러본 뒤 홍옆서점으로 가
책을 고른다

주인은 한족 몇 마디 배달말로 사는 마흔
나는 배달겨레 몇 마디 중국말로 버티는 예순
연변 곳곳 보란 듯 선 혁명렬사영수추모비처럼
굳은 낯빛에 엷은 웃음은
책을 눅게 주지 않겠다는 뜻임을
나는 안다 몇 번의 거래로
연길에도 아침부터 저녁까지 아픈 사람
가까이 멀리 일거리 찾는 남녀 새벽부터 서성대는
연변병원 못 미쳐 인력시장 골목 안쪽
필담도 없이 몇 마디 말로

멀건 강냉이죽 한 그릇 비우듯
책 거래를 끝낸다

그랬구나
룡정 화룡 안도
들어설수록 골짜기는 더 골짝
세 갈래 트인 길 따라 안도는 그렇게 앉아
1길 2길 3길 좁고 긴 거리
그 한 곳에 역을 두고 시장 신화서점을 두었다
사월도 두 주째 밤새 눈 내린 아침
안도에서 다시 만났다 홍엽
버스역 맞은 쪽 홍엽려관
어 규가 아니라 잎 엽이었구나
홍옆서점의 홍옆이 붉은 잎 단풍
그래도 그것을 홍옆이라 쓴 일은
주인 잘못이 아니다
옆으로 적어 주었을 어느 한족 간판 장수
봄 가고 여름 다시 안도 홍엽려관 둘레엔

어떤 단풍이 살까

안도에서
연길로 내려서는
60킬로미터 짙고 긴 가을을 나는
버스 맨 앞자리에 앉아
바라 바라보며 웃으며 온다.

소탕 개탕

소탕 개탕 가운데
나는 개탕이다
흰술 누른술 가운데
나는 흰술이다

왕청시장 늦은 점심
미끌미끌 얼음발에
땅밑 일 층 세 집 가운데 겨레 밥집

고수풀도 듬뿍
개고기는 찢어 가늘어서
고사리 나물을 접시째 얹은 꼴인데

흰술 잔이 작은 뜻은
가까운 백초구
백초구 어느 아바이가 장 걸음에 석 잔을 넘겨
버스 놓치지 않도록 하기 위한 일이다

왕청 길 나 같은 한국 아바이가
두 잔을 넘기지 않도록 하기 위한 일이다
병풍산 나무 계단
숨 골라 오르게 하기 위한 일이다

소탕 개탕 가운데
나는 개탕이다
흰술 누른술 가운데
나는 흰술이다.

천녀 분녀

세상도 새삼 아득한 옛날
하늘 나라에서 깬 산봉우리들 백두산 언저리 기웃거리니
이미 천지 둘레 온데 앉은 큰 봉우리
내릴 데 없었던 작은 봉우리 하나
이저곳 살피다 백두산 동쪽
연변 땅도 왕청현 백초구 만천성*으로 내려앉은 일은
옥황상제와 둘레만 안다는데

아리숭 아리숭한 그제부터 이제 다시 하제로 흐를 가야하
물길은
　천지에서 내려온 백룡이 두만강 물길 쓸고 흐르다
　백두산 빼닮았다 소문 듣고 거슬러 와 놀던 자취
　물과 메가 내외하듯 떨어져 앉은 만천성저수지에
　오가는 사람 없고 옛부터 금이 자란다는 바닥
　달밤에는 물밑 금이 끓어 만천성
　모를 일이다 배로 건너니 세모 메밀봉 네모 갓봉 늘어서고

　거기 너른 꼭대기 알락달락 새끼 호랑이 두어 마리 뒹굴

듯한 곳

　백두산 천녀족 그 가운데 으뜸 고운 천녀

　흰 저고리 흰 치마 다듬돌 천녀가 나를 맞는다

　인삼꽃 인삼씨 고르고 뱉던 봄 가을 다 보내고

　백두산 백 장사 소식을 기다렸던가

　금이 끓어 번지는 밤에 붉은 별아기들 씻기고

　물안장에 도깨비 태우고 나들이 즐거웠을까

　아래로 멀리 활줄같이 돌아 나가는 물길

　키꼴 높은 버들숲은 부림소처럼 물기슭 따르고

　뭉치 구름은 사발눈을 뜬 채 이 하늘 저 하늘 간다

　벼락치기로 다듬은 듯 우렁우렁 바위 비탈길을 내려와

　한달음에 닿은 백초구 한길에 겨레 식당

　걸싸게 일 잘하는 낭군과 분녀

　천녀 닮아 손부리 영근 분녀가 찢어주는 개장국

　남 나라 남 땅에서 남 술로 취하니

늦가을 추위가 덮어쓴 외투 같다.

* 満天星

헌책방

이고당* 한 입
이고당 두 입
연길 하남 아침시장 빗발 듣는데

먼 옛날에 재운
첫사랑 뒷맛이 이랬던가
노랑 깃 꾀꼬리 곳곳 입안을 쫀다

화룡서 왔을 듯싶은
가물치 장수 다음 소달구지
개구리참외 아주머니 꽈리 좌판

이고당 한 입
이고당 두 입
아침시장 끝자리 북한책 사러 간다.

* 梨藁糖, 배를 끓여 만든 중국 전통 약식. 천식에 좋다 한다.

병풍산

병풍을 두른 고을이 있다 왕청
그래서 그런지 골짝 위서부터 길 따라
자리 자리 닭 돼지 염소
열두 마리 돌짐승 놓아 먹인다
가을 낙우송 잎 설레듯 곳곳 놈들 소리
병풍도 그런 병풍이 없다

나는 삼월도 다 건넌 스무나흘 날 아침
병풍산에 올라 내려다본다
남에서 북으로 벋은 가야하 줄기와
가까운 먼 마을 먹일 차림상인 양
마반산 한 줄기 걸어 내려와 기다릴 듯한 물돌이 쪽
무슨 옛말하듯 얼음장 하얗게 퉁긴다 웅얼웅얼

언젠가 집을 떠나 대련으로 인천으로 건너갔던
아들 둘이 다섯 해 세 해 만에 함께 돌아오는 게다
안양에선가 부천에선가 토마토 밭일을 거든다던
병풍산 내려서서 왕청 들머리

너르고 긴 다리걸에서는
그 아들 둘 아버지가
여든의 어깨를 가야하 쪽으로 내려놓고
아침부터 왕청 도문
외길을 바라고 섰다.

석현진

도문에서 왕청 길로 사십 리
한때 연변 상해라 불린 곳
종이공장 일감으로 논두렁 콩잎처럼 돈이 돌던 마을
열에 일곱은 겨레가 살았던 터에
지금은 셋이나 될까 석현진
석현 기차역 사람 오내리지 않고 장터는
빈 채 한길 새 시장으로 자리 개선해 개선시장
옛 장터에 남은 식당 두엇과 땜질 미룬 웅덩이 길
돈이라면 못할 게 뭘까 1990년대부터
이 사람 저 집 어떤 이는 열 해에 다섯 해 다시
세 해에 두 해를 오가며 삯이 무서워
인천 대련 뱃길에다 열아홉 시간 기차에 버스 시간 반
그리 타면 비행기 삯보다 칠 할이나 주는 탓에
사흘 밤낮 무거운 짐 더 크게 오가는 사람들
개선시장 바닥에는 개선할 아무 일 없다는 듯이
배달말 소리 끊긴 지 오래
도문 버스만 손님 드문 십 분 터울 줄줄이 오가는데
태풍 끝에 사품치는 빗길 따라 지난해 폐교

석현진조선인학교를 찾는다

교정 울타리 버들 줄기는 흙발로 죽죽 빗물을 받고

아침저녁 아이들과 함께 자랐을 뒷메 솔숲은 빗속에 덤덤
하다

세상이 돈을 좇으면 못할 일 없다지만

너나 다 떠나고 남은 사람조차 큰 도시 도문으로 나가

아파트 깔고 누울 자리 얻어

두만강 센 구비로 쓸려든다

연변 땅 곳곳으로 석현 석문 고개도 돌 문도 돌

돌에 돌 그리 많이 올린 이름

돌로 쌓은 앙앙한 마을 고갯길로

싸움돌이 날았단 말인가

차돌같이 아이들 씩씩하란 뜻인가

십 년 또 십 년 뒤 개나리 꽃망울 터치는 봄 어슬녘

이 마을 어느 겨레 소년 돌아왔을 때

학교 교정은 어떻게 배를 뒤집고 있을 것인가

아래 도문 위로 왕청

그 사이로 빗발은 길바닥 때리는데

내 걸음은 버드나무 비처마 아래
빈 운동장만 바라본다.

콩나물은

방학이라 여름은 닫았지만
연변대학 맞은 쪽 천성슈퍼 지하 식당은 늘 사람
오늘도 비빔밥을 시킨다
늙은이 여자 남자 아이
높기보다 낮은 자리 더 어울릴 낯빛
콩나물을 자주 씹어 콩나물처럼 키가 자란 학생도 보인다
아삭삭 줄기에 오독독 대가리
한 가지에 두 맛
나물인가 싶으면 콩 콩인가 싶으면 나물
한족인가 하면 겨레 겨렌가 하면 한족
비빔밥 콩나물 씹으면
콩시루 시룻대 아래로
쪼롱쪼롱 물받이
할머니 고방에 드나시던 기척.

팔도에서

집집이 낮은 지붕
높기만 한 옹기 굴뚝은
연기를 끊었다

장춘으로 대련으로 한국으로
아들과 조카 손자 다 보낸 어머니
문화대격변 고깔 속으로 끌려 다니며
반동분자로 피를 머금었다는
그 어머니의 아들이 손자를 데리고
연길 버스를 기다린다

1998년부터 서울 성동구로 나가 살았다는 그이
아내가 아파 들렀다는 집은
연길도 서쪽
한국에서 두 해 크는 사이
중국말을 잃었다는 손자는 선 채
자꾸 잠을 쥐었다 놓는다

대격변도 이런 대격변이 없다고
이제는 돌아온 연길이 낯설다고
팔도 누이 내외가 양어장을 노는데
손자에게 잉어에 토닭을 보여 주고 가는 길이라는데

현주상점 곁에 남성리발
팔도대중식당은 삼자매식품슈퍼 건너

연길 팔도 버스 기사는
팔베개로 잠을 눕히고
세 시 버스 나고 나면
다시 없다는 정류장

아내와 나
서울도 성동구 산다는 그이와 손자는
팔도 가마솥에 뜸 들이는
메밥 속 노란
강냉이 알 같다.

팔도천주교당

1
팔다리 길다 차다
팔도 솔바람
2003년 백 돐 때는
이저곳 네천 사람이 모였다는 팔도천주교당
겨울 난방비를 지운 본당과
바람을 불러 함께 떠는 종각

팔도에서 모여 팔도인가
여덟 갈래 팔도인가
팔도 너른 멍석 마을
스물을 못 넘긴 교인이
관리동 낡은 풍금 곁에 앉아 미사를 드린다

녹다 만 눈더미
지난 크리스마스 때 누군가 두고 갔을
금빛 꾸미개 아기종에
노란 깃발 하나

붙어 서로 몸을 녹인다

동굴 속 회칠 마리아
작은 마리아가 웃는다.

2
팔도천주교당 본당과 종각은 한몸
팔도에서 가장 높다

장춘 훈춘 빠른 길이 내를 건너 오가는 곳
삼십 분 짧은 미사를 끝낸 사람들이
내려온다 헐린 담과
헐릴 집 골목
어깨 힘을 비운 채 뒤집힌
김칫독에 장독

안방엔 누가 살았을까
석류 한 가지 창문 툭 친다.

3

1916년 또렷이 새긴 성당 고임돌이 화단 양회담에 박혔다 누가 저리 간수할 생각을 낸 걸까 도라지 포기포기 대궁도 그렇다 초롱꽃 밝혔을 지난여름 소식 다 떨구고 뒷메 교인 떼무덤 쪽으로 마른 고개 꺾었다

2004년 장춘 훈춘 빠른길을 낼 때 길 아래 흩어질 뻔했던 교인 무덤 줄 지어 올라왔다 씻겨 간 이도 많았으리라 발치마다 번호를 붙였다 백에 여덟까지 팻쪽을 꽂은 채 수굿수굿 저승 미사를 드린다 맨발

살아 만나던 하늘 아래 죽어 오가느라 질척질척 눈길 더 녹아내렸나 보다 떼무덤 만디에는 널찍하니 성직자 자리 제대를 차린 듯이 크작은 빗돌로 가꾸었다 둥덩실 팔도성당 위로 구름 감실이 가깝다

네오날도 유신부지묘

비오 엄신부지묘

엥젤마르젤너 수사지묘

베로니카라우스 수녀(1889~1936)

조상옥 루치아 수녀(1913~1944)

원영선 아네스 수녀(1920~1947)

감정옥 안나 수녀(1920~2001).

두만강 내려다보며

일광산 일광산 마라 처음부터 일광이었을까 보냐
발길 총길 여름 땡볕처럼 쳐들어 와 깔았을 왜적 이름 일광
그 이름 아직 깨닫지 못한 채 밟고 사는 땅 도문
나 오늘 일찍 왕청 들러 시장 개탕을 비우고
도문으로 내려왔는데 도문도 겨울이 내려쬐는 두만강
두만강 얼어 덮은 눈을 본다 건너 남양
사람 오가고 말 수레 구르고 아이들 철둑 넘고
소 한 마리 느린 울음 묶고 선 건 느티나물까
오가는 기차 없는 철길 건너 감시소 감시병
영하도 털썩 주저앉은 추위 끝에서
이쪽은 만주 저쪽은 북녘
아무도 오가지 못할 듯한 두만강 흰 줄기 위로
둥두둥 두둥 이 한낮 넘어가는 산 그림자
조심조심 잰 걸음이다
더 기울면 남양 땅 둑너미로 내디딜 발바닥
겹으로 물고 선 철조망이 길게 막은 가운데
아침잠 깬 산 그림자 건너 남양에서 되오고 다시
해 질 녘 남양으로 돌아가는

그렇구나 사람도 세월도 닫힌 곳
그예 산 그림자만 오가는구나
겨울 가을 여름 봄 없이 이루어질 저 월경
두만강 물소리 그리 요란했구나
바반짝 반짝 손뼉이었구나.

진달래식당

둥글상을 앞에 두고
열 사람 한족은 낮은 방석의자
허리 굽혀 앉았고
나는 바닥 방석 양반다리
앉음새로 한국 사람임을 안 그들이
웃었다 어떤 늙은이가 일어서 나를 사진에 담는다
발을 벋어 나처럼 앉으려던 아주머니 둘
다시 방석의자로 자리를 바꾼다
그들과 나는 오랜 세월
앉고 서고 들며 나며 달리 살아왔다
진달래식당 한 방 한 상 양푼이 쌀밥이 세 번 더 들고
구운 두만강 잉어와 오이무침 양배추 볶음
손 멀었던 내게 곁 아주머니가
먹던 젓가락으로 잉어찜을 옮겨 준다
음식을 주받으며 서로
진달래 꽃가지처럼 입동무가 되고 싶었나 보다
그들에게 이 상은 조선족 특색 음식
내게 이 상은 한족 물 튄 음식

누군가 김치를 더 청해 젓가락이 오간다 오늘
멀리 동해 갯가 방천 가는 길
호랑이 땅 끝머리 방천 너른 들은 끝이 뵈지 않고
두만강 줄기는 여릿두릿 흘러
국경도시 방천 거기 무엇이 기다릴지 모르나
먼저 일어선다 땡볕이 살대 발을 쳐도
선선히 바람 불다가는 텃밭
정구지 도라지 거기다 소엽 호박까지
집집 몇 곳 아닌 마을에서
양철 치미를 올려
겨레임을 알려 주는 집
그 앞으로 두 날 칼처럼 길은
씨엉씨엉 곧고 또
멀다 방천.

방천

　팔월 할날 바쁠 것 없는 두만강

　중국 쪽 경비선만 왔다 갔다 갔다 왔다 빵빵 맑은가 했더니 흐리다 끝에 이르러 동해 톱날 파도 바라며 마지막 차며 데리고 궁굴려 온 것 밀치고 뱉고 달아난다 강 가운데로 한 쪽은 누르고 한 쪽은 퍼렇다 다른 두 쪽 북한 만주 다시 언덕 너머 러시아 한 눈에 세 나라를 담는 곳 방천

　셋이 일으킨 오랜 세월 보이질 않고

　오로지 만주 땅 끝자락에 솟은 전망대 용호각 호랑이 용이 서로 하늘을 찢으며 돋은 곳 십이 층 하나 한 층층 내려오며 바라본다 멀리 북한 초소 안에서는 어느 집 병사 아들이 졸고 있을까 붉은빛 지붕을 가꾼 양회집 둘에 둘레 작은 몇 집이 구릉 따라 멀다

　멀다 차붓차붓 낯가림 치장을 한

　저기가 북한 땅 저 저기가 나와 같은 말을 하는 사람 사는 땅 어느 딴 나라에 온 듯 산 너머 너머 집과 마을과 길 아이들이 소울음 어른 기침소리 숭내 내려나 이른 저녁상을 기

148

다리려나 나는 무얼 하러 왔는가 보고 보이는 것 모두 중국
사람 만주

　이곳 어딘가서 두만강 건너 러시아
　만주로 흩어졌을 옛 나루 흔적도 남았으련만 없다 문 닫
은 이 층 방천음식구역광장과 높이 치받은 전망대 두 끝 치
미 하늘 위로 구름 고사리 봄 신명을 풀고 고기잡이 낚시배
너머 내렸다 솟다 가라앉은 모래등 푸르싱싱 쏘아댄다 갈매
기 마리 마리.

회룡봉 옥피리

두만두만 흘러 두만강 내려 흘러
훈춘도 방천 못 미쳐 경신 땅
살림집 곳곳 살뜰이 껴안고 두렷이 솟은 회룡봉
착하고 부지런한 홍 총각
예부터 집안으로 내려온 옥피리 있어
고된 하루 일 마치면 꺼내 부르곤 했다는데
출렁출렁 장난질 장난도 재미 잃은 동해 용왕이
떠흐르는 옥피리 소리에 마음을 앗겨
거부기를 보내 용궁 풍악 놀이에 쓸 옥피리 구하라 채근
했는데
보물 보자기를 든 거부기 넌지시 총각에게 말하길
듣자니 적적한 몸이라거니
함께 용궁에 가 살 뜻 없는가
세상 걱정 근심 없이 지낼 수 있으리라
거부기 꼬드김을 아서라 홍 총각이 물리치니
차고 온 보자기 풀어 놓고
보석 반지 진주 목걸이 옥구슬
혼자 한뉘 고이 놀고 먹으며 써도 되리라 수두룩

금전 은전 구리거울까지 내놓았는데
옥피리는 예부터 우리 집 보물
아무리 부자 된들 하늘 별 따 준들
내놓을 수 없다고 거들떠 보지도 않았으니
울그락그락 불그락그락 화가 나 거부기
빈손으로 돌아가 용왕에게 혼찌검 겪은 일은 정해진 순서
내가 손수 가겠다 준비하거라 얘들아
이 소문 들은 까치가 부리나케 날아와 홍 총각에게 일렀
는데
　용왕 놈이 병졸을 거느리고 옥피리 빼앗으려 들이닥칠
테니
　피하라 옥피리를 간직하고
　까치 등에 업혀 홍 총각 한나절 달아났고
　키 큰 꽃사슴 한 마리 척 나타나 등에 태웠으니
　산으로 산 속으로 한나절 다시 달아난 홍 총각
　고얀 놈 뉘 앞이라 고얀 도망질인가
　어느새 닥쳐온 용왕 사나운 기세를 뿌렸으나
　홍 총각과 꽃사슴 울울창한 숲숲 가르며

미리 보아둔 동굴 속으로 숨어 버렸으니

이윽고 산 속에서 맑진 옥피리 소리

낮다가 높다가 높다가 빠르다 느리다

옥피리 가락에 용왕과 병졸뿐 아니라 둘레

산골 물골 짐승 모두 벌죽벌죽 귀가 일어섰고

거부기 산 속에 대고 옥피리를 내놓아라 이놈아 소리 소
리 쳤으나

옥피리 소리만 그윽했으니

진즉부터 속이 뒤집힌 용왕과 일행이 온 산을 뒤졌지만

모래불에서 바늘 찾기라 노기만 부리며

미친바람 휘몰고 창살 비를 내리꽂으며 날뛰었는데

그렇다 보니 사품치던 두만강

용왕이 산을 에돌아 맴돌던 꼴로 물골 옮기어

큰 원을 그리며 흐르게 되었고

용왕이 사납게 돌이 치던 산봉우리 일러 회룡봉

두만강 경신 땅 기슭

마을도 산을 따라 회룡봉이라 부르게 되었다는데

회룡봉 어딜 가나 버들 방천에서는

옥피리 소리 들릴 듯하고 마을 사나이

부쩍부쩍 힘이 오르는 봄 여름 아침

동해 용왕이란 어느 때 어느 곳 없이

두만강에서 저 멀리 내리 닫이

라진 청진 원산 묵호 울진 포항 울산 기장까지

동해 동해 시리고 너른 물기슭

예부터 왜구들 해마다 가을걷이 봄 해동 때는 달려들어

역병처럼 붙던 놈들 새삼

땅을 더럽히고 사람 짐짐승을 죽여 내니

질긴 악연 그 분통이 가는 곳곳 보는 데데 전설을 이루었

느니

　예부터 동해 곳곳에서 번성한 말

떠내려오는 섬이란 왜구 배

흑룡 적룡 없이 동해 물골에 나타났다 사라졌다

그 숱한 용오름이 다 그러하니

옥피리란 무엇보다 주린 배 채울 곡식

가지런히 피리소리는 그 마음이었던 것

오늘도 번져 누운 두만강 물돌이

휘휘 비틀고 곳곳에
모둠내 벌떡벌떡 나울 일으켜
회룡봉 옥피리 소리 세월을 달래고
어디선가 벌써 사나이에 아주머네가 다 되어 자란
홍 총각 먼 후손들이 옥수수 자루 자루처럼 자식을 기르고
밭두렁을 논이랑으로 옮기며
밭벼를 논벼로 바꾸며
두만강 훈춘하 모둠내로 내쳐 흐르는
거기 변강 나그네와 안까이*
누군가의 아들과 며느리였던 얼굴들이
오늘도 옥수수 자루 자루꽃으로
똑똑 또독똑
핀다.

* 남편과 아내를 일컫는 만주 겨레와 함북 지역어

근황

연길도 공원거리 원천아빠트
아파트가 한때 아빠였던 날 웃긴다
아빠들 아지트 원천아빠트
그 아빠들 가까이 아위담배술차집으로 오가고
댕기머리집으로 머리 눕히려 간다
거기서 한 정거장 신화서점 민족서점
그 곁 신파촬영점에서 아빠들 딸아들은 어떤 낯빛일까
인민공원 너른 연못은 여름 내 붉은 꽃상모를 돌리고
어느새 아버지도 한참 쉰 아버지 나는
연집하 수상시장에서 장국밥을 마는데
원천아빠트 아빠들은 아침부터
긴 낚시대 고른다.

갈아타기

뜻한 길로 가지 않는 버스에 얹혀
가다 내리면 그 차도 어딘가 가벼워진 듯 돌아본다
다른 차를 타기 위해 다시 걷다 작은 상점
시어머니와 한방 낮잠에서 돌아나온 어린 며느리에게서
물을 한 통 산 일은 길이 심심했던 까닭
그 길에서 할아버지 때 강원도서 건너왔다는
중늙은일 만나 잔잔히 끼쳐 오는 낮술 냄새와
오디빛 익은 낯빛 담배 한 곽 사든 그이를
친구 집 골목으로 보낸 일도 같다 다시 탔으나
종점까지 가지 않고 어느 소학교
담벽 곁에 내려 주고 문을 잠그는 버스
길은 자꾸 다른 길을 열어 주었으나 내가 닿는 길은
오로지 외길 걷다 타다 걷다 타다
마을 택시 만나 젊은 나이에 몸이 불어버린
그이 곁에 앉아 달려간다 태암촌 거기
버스가 돌아나가는 마지막
해바라기 늙은이 서넛
내리고 오르는 이들 지키고 앉은 상점

처음 가고 싶었던 곳에 이르지 못하고
어느 낯설고 너른 마을에 닿는 일도 받아들여야 하리라
삶이란 갈아탈 수 없는 일 스스로
내릴 수 없는 일 어느 날 문득
뜻밖의 골짝으로 들더라도 즐거워할 일
골이라 여겼던 곳이 곁으로 훈춘 장춘 빠른 길을 보내고
나라에서도 다섯 손가락 안짝으로 맛을 낸다는
여름이면 노멕이소들이 구절초 꽃동산을 연다는
태암촌 평봉 작은 마을에서 아버지 때
울진서 왔다는 겨레를 만나
일흔다섯 나이 받쳐 주는 늙은 복숭나무 아래서
도시로 나간 여섯 자식 이야길 듣다
남북한 통일까지 웃으며 돌아 나온 일도 즐겁다
그이 할머니 할아버지를 모셨다는 건너 솔숲 무덤가에 봉긋
올해 여름엔 무슨 늦꽃 잔칠까
세상살이도 이렇듯 다시
종점에서 더 들어설 수 있을 골짝 같다면
좋으랴 다른 길로 들어섰으나 그 끝에서

새 아침을 밟을 수 있다면
길은 제 둘레 여러 길을 거느리고도
늘 한 길로만 나아가라
건너가라 떠민다.

왕청

도문 길 아랫길
연길 길 두르는 길
목단강 길 먼 길

해 바쁜 한낮
이제 봄이 갔다는 뜻인지
봄 노을 지겹게 봤다는 뜻인지
아파트 1층 봄노을리발소 늙은 쥔이
아주머니 둘과 카드놀이 하는
버드나무 평상

서쪽 연길로 길을 잡는다 나는

왕청까지 건너 와
이발 다하고 가는 봄 노을
어느 고갯마루에서 만날 듯.

호객

감자꽃 감자
자두꽃 자두 아니
꽃도 가지꽃쯤 돼야 염전타 할까
이른 꽃 늦꽃 없이
줄기에 잎추리 자줏빛 분칠을 하고선
웃는 듯 마는 듯 입술 문 채 칠월
저녁 나들이 내 발목을 잡는다.

붕우가

장우 옛책 수집책방 왕 씨는
늘 붕우가*라 웃으며 책을 넘긴다
북한이 어떤 곳인지 제대로 안다는 뜻인가
연변대학 칠 층 일성과 김정일 발자국 잔돌처럼 흔한 도
서관에서
굳이 남한에서 온 나를 향해
공산주의는 복사가 안 됩니다라 도래질 치는
겨레 김 주임 속내는 무엇일까
연길 아침시장 이저곳 돌다
순대밥 사시오 순대 검은 길바닥에 터진 순대밥처럼
흩어진 마음으로 도서관을 쫓겨나온 날
장춘서 연길로 다니러 온 정년 퇴임 평론가를 만나
눈발 흩뿌리는 가로등 하나 둘 지나 찾은 맥줏집
중국에는 어딜 가나 세 가지가 있다며 땅콩 훠술 여자
땅콩을 시키던 그이
못 가 논두렁을 끌며 도는 누렁소마냥
연길 어딜 가나 내게는
세 가지가 보인다 서점 시장 강물.

* 朋友價   161

제 4 부

오그랑죽

오느라 가느라
오그랑인가
오그라들어 굴러 오그랑인가
오그랑죽* 한 그릇 사다 놓고
숟가락을 든다

이 아침 돈화 너른 못가

신혼 열 달
새벽 붕어 잡이 나간 나그네
어젯밤을 떠올리는 안까이
주걱 든 볼우물도
오그랑 그랑.

* 팥죽의 만주 겨레 지역어. 오그래죽이라 일컫기도 한다.

돈화 메뚜기

단강 언 강
눈 그친 돈화 들에 와 류정산
발해 공주 정혜의 방창도 두드려 보지 못하고
녕안 땅 발해농장 가는 고갯길 하나 둘 넘지 못한 채
이저리 돌고 돌다 중앙시장 구석
구운 메뚜기에 튀긴 누에고치 씹는다
겨우내 얼어붙은 거리는 햇살 미끄럼이 조심스럽고
점심 끼때 준비 나온 사람들 추위를
주름처럼 걸치고 걷는다 고향 떠나
두만강 사이섬 넘을 때부터 세월 자루는 자꾸 밑이 터져
앉은 자리마다 쫓겨 룡정도 안도도 뒤로 물리고
북으로 북으로 밀려났던 사람들
수레에 지게 더 얹을 것이 울음뿐이었던 길
던져질 때마다 세 해 농사 끝에는 내 물길
내 벼농사로 일어서리라 했던 숱한
남녀 농투성이들
문득 무놀에 개구리밥처럼 들을 떠돌며
타탁 타타타 메뚜기 잡이로 모자랐던 한나절

일곱 살 내 뒷맵시인가 싶은 아이도
엄마 손에 이끌려 지나가는데
혼자 씹는 메뚜기 등이며 다리에
붉은 빛 타는 뜻은 단강
아래로 아래로 뛰다 제 무릎 찧었단 뜻인가
처절썩 털썩 엎어졌단 뜻인가
단강 흰 강.

정혜 공주와 거닐다

연길 룡정 화룡 안도 도문 훈춘 왕청 돈화
여덟 고을 모두 한 집안 오랍누이
그래도 으뜸 먼 돈화
여섯 시 아침 돈화 작은 버스는
내쳐 한길로 두 시간 몸을 떤다

돈화역에서 다시 십 분 류정산 발해 떼무덤과 정각사
공주 정혜 만나기 쉬울 리 있는가
동서로 여섯 개 봉우리가 오르내려 흘러 류정산
서에는 삼박삼박 버들 바람
어둑 어둑시그레한 저녁 고깃불 아래
이무기 옛말 씨부렁거린다는 목단강

여러 달 앞서 꿈길로 기별해 둔 까닭에 정혜
마중 나와 웃고 섰다 기원 777년
마흔 살 돈화 하늘 별로 떠난 공주
발해 제3대 문왕의 딸 정혜 열여덟 스무 살 즈음에는
어떤 그리움에 뒤척였을까

서에 동에 무리 지어 묘에 총에 능
이백을 넘는다는 무덤 마을에 돌사자 암수도 키운다는데

처음 만난 스물둘 정혜는 말이 많고
서른셋 정혜는 웃음이 길다 다리쉼도 즐기며
자오록 젖빛 안개 물골에 류정산저수지 넉넉하고
정각사 대불 아래서 중흥조 불성 비구니까지 불러준다
본디 성이 설 씨였는데
홍콩으로 미국으로 옮겨다니며 포교를 하다
되일구었다는 정각사

사회주의 돈세상 배신 탓에 스스로 목숨을 끊는 업을 지
었다던가
여든까지 살았다던가 궁금증 많은 내게
나즉나즉 대신 말해 준다 정혜
불성은 정혜와 늘 오가는 사이
돈화 돈하 도나는 발해 고구려 그 앞에부터 비롯한 말이
라며

미칠흰칠 버드나무까지 자랑차게 봄을 거드는 길을 걸어

일찍 잠자리로 돌아가고 정혜
목단강 가로 떠밀리던 송사리 나는
돌아오는 버스 간에서 한 잠
집에서 두 잠
돈화 돈하 도나는 멀고 멀었다.

이도백하

이도백하 옛길에
늦도록 밤을 밝히는 북소리
쑤왈라 쑤왈라 누굴 위해 줄 지은 춤인가
서른 해도 앞서 처음 찾았을 땐
붕어 가재에 이것 사이소 저것 사이소
낯익은 경상도 장터였는데

어느새 한족 골목이 되어 늦은 폭죽만 끓는다

집도 절도 없었던가
임도 밥도 없었던가
잠 깨어 바라보니 지난밤
어둠을 등짐 진 채 떠나간 칡소 가족
쿨럭쿨럭 끌다 둔
백두산 그늘.

두만강 두만강 말 마라

두만강 두만강 말 마라
여든 한뉘 두만강 보지 않고 살아왔느니
몇 해째 왕가물에 행세하는 사람 등살
여름 등에보다 심했는데
그보다 더 고향 등지게 한 일은
양웅이라는 왜놈 아내에게 지랄 다 부린 일
하루 솔골 나무하고 오다 내 심장 찢어졌으니
그것까지 들내놓은 놈이
몸부림 아내 고름 풀려 발광하고 있었던 것
몽둥이를 찾아들고 집안에 뛰어들어 반 죽여 놓았지만
아내 건사도 못하는 놈이 이곳에서 어떻게 사나
되놈보다 더 속된 놈들에게 시달리기보다는 깊은
산골에 안기어 살려 북간도로 떠날 짐을 쌌는데
거기 가면 떡 많이 먹을 수 있나
주리다 못해 떡이라면 울다가도 해시시해지는 딸
떡박골로 간다니 기뻐 물었으니
세 식구 두만강 물이 배꼽 위를 칠 때
양웅이 놈이 앞세운 왜놈 순사들 땅땅

아내가 쓰러졌다 껴안았다 구멍 뚫린 얼굴

팔팔 선지피 강을 물들였다 튕겨져 나온

눈알이 파란 신경을 단 채 둥둥 떠서 나를 쏘아보고

쪽지게 간난이가 악을 쓰며 울었다 엄마

땅땅 갑자기 나도 몸뚱이에 부딪혔다

정신을 차리니 누데기옷 벙어리 사공이

상처를 싸매고 있었다

쪽지게는 한 쪽 끝만 어깨에 덜렁거리고

일어나 벌떡 둘러보았다

아내도 간난이도 없는 물가

너울만 출렁이는 자리에 쓰러져 울음도 잊었다

여보 간난아

벼락 맞은 놈들

씹어먹을 놈들

나 최명광

살아 두 번 다시 두만강

두만강 보지 않으리라.*

* 박용일, 「눈물 젖은 두만강」, 『두만강변의 첫 동네 하천평』,
연변인민출판사, 2011, 32~33쪽.

나는 마음속 대한사람

유월 새벽 인민공원 사람들 몰려나오고
걷고 제기 차고 태극권 둥글게 벋기도 하면서
사슬을 풀었다 묶었다 개도 운동이 좋은데
어린이 놀이터 낡은 놀이기구 사이를 지나
소돈대 오르는 길은 솔숲으로 여럿이 뚫려
사람들 작은 솔방울 구르는 것 같다

소돈대 유적지 낡은 옛날에는
높은 돈대로 아래 동리 보살폈던 곳
오르는 돌벽에 누군가 한마디 희게 새겼기로
나는 마음속 대한사람 아 대한사람 여기에 있었구나
대한사람 대한으로 길이 보전하세 애국가 속 대한사람
안중근 의사가 단지한 채 하늘에 써붙였던
나는 대한국인 그런 소릿결인 양 속삭인다

소돈대 높낮이 고른 꼭대기
양회로 소돈대 새 정자를 만들어 세운 일은
연길에 오래 살았던 이들 살림이

어려웠던 탓이라 생각하니 달리 위안이 되었지만
여덟 개 기둥에 사람들 오간 낙서는 떠들썩하다
나는 너를 사랑해 배달말에다 중국말에다
제 얼굴까지 그린 솜씨도 씩씩한데

잘 뵈는 기둥 버리고
다듬돌 바닥 탕탕탕 밟아 오내리며 사람들
눈길 주지 않을 돌벽에 적은
나는 마음속 대한사람 그 주인은
소돈대 아래 인민공원도 내려 서서 연집하 물가
날날이 서는 새벽시장 칡넝쿨처럼
올날로 섞인 사람 가운데 누구일까

그 가운데 단술을 파는 겨레 아주머니
아주머니 오디 단술 자줏빛 단술 맛처럼
마음 여린 연길제2중학교 졸업생 맏이 아들이 있어
남처럼 심양으로 장춘으로 공부 나가지 못하고
아버지 어머니 곁에 머물기로 작정한 날

저녁에 혼자 올랐다 새긴 것일까

예순 해 옛날에는 반반한 길 하나 없이
가물면 먼지 천지 비오면 흙탕 마당이었다는
연길에서 나고 자란 어버이를 본받아
나는 마음속 대한사람 한 마디를 빗발처럼 세우며 자랐을
어느 소년 청년을 생각하니
인민공원으로 소돈대로 오르는 길은 한달음이나
내려서는 길은 어느새 한 세월이다.

우리 오늘 사긴 지 한 달

사긴지 사귄지
걱정 말고

사긴지 사귄지
두려워 말고

강아지풀 도담담 버들개지 우줄줄

담부락 낙서 보며
함께 웃는다.

로인 아파트 로인 모집

신일로인경로원은 여덟 해 동안 운영해 온 경력
을 가지고 있는 모범 경로원이다 어르신들은 친어버이
처럼 열심히 모신다 1인실 2인실에 방안마다 화장실
에 목욕실을 갖추웠고 여름에는 시원하고 겨울에는 따
뜻하다
네철 나눔 없이 음식에 최선을 다하고 호리원 의사들
의 서비스에 관심을 모아 자립하시는 분 못
하시는 분들을 다 모실 수 있다
신일로인아파트 위치는 연길시 실현촌 3대
에 있다 전화 할 때는 련계인 김 원장
에게 주시면 된다 18643332736
석 삼자가 많이 들어간 전화번호
라서 광고를 믿을 수 있을 것 같다 신일로인아파트
에 계시는 노인들 다 편할 것 같다

편할 것 같은 로인 아파트에도
머물 처지가 못 되어 다시 왔다지 아마
젊어서는 잘난 얼굴 언변 믿고

이 여자 저 여자 돌림 공사 좋았다더니
어느 해 머리가 터진 뒤 오갈 데 없었는데
지극녀 정성녀 그런 소문이라도 더하고 싶었던 것일까
애들 아버지라는 까닭 하나로
떠듬떠듬 대문 안으로 한 발
뒤뚱뒤뚱 안방으로 두 발
다시 살림 합치고 받아들인 남자
무슨 청승 늘그막 정분이라고 조 여사
오늘도 남편 운동으로
연집하 아침을 돌린다.

심장병에 강복

수상시장 하남시장 홍안장 서시장 연길 장터 적지 않건만
새로 짓는다며 서시장 몇 해 자리를 강 쪽 다른 데로 옮
긴 뒤
그나마 휴지로 쓰라는 건지 울붓글 전단지 쑥쑥 건네주고
오가는 이들 잘도 챙기는 곳은 수상시장 홍안장
그 가운데 알차기로는 홍안장 들머리
오가는 이들 받거나 말거나 나는 애써 한 장 한 장 받아
접는다
모름지기 연길 사람들 무슨 병 달고 사는가
무슨 골병과 벗한 것인가

가슴이 답답하고 마음이 당황하며 가슴 통증 끊임없이
식은땀을 흘리나 보다 심장병이 갑자기 재발하기만 하면
구경 죽음과 얼마나 가까운가? 만흔 심장병 환자들이 현재
출근하거나 가무 일을 하다가 갑자기 쓰러지거나 졸사 많
은 심장병 환자들이 가능하게 술을 마시거나 성을 내거나
하는 사이에 덜컹 쓰러져 돌연 졸사하게 된다 심장병이 이
러하게 무서운가 보다

그래서 연길 사람들은 먼 몽골 고비에서 온 몽원보를 마시나 보다 몽원보는 그 옛날 몽골 태조 태무진의 어의였던 보격락의 제16대 후손인 보일길인이 만들고 있다 그는 팔백 년 전해 내려온 보씨 가문의 밀방을 지난 2011년 국가에 기부하였다 국가식품약품감독관리국에서 현재 정식 개명한 이름이 몽원보다

  광대한 환자들은 본인 혹은 가족이 심장병 징조가 있다면 혹은 현재 심장병의 고통을 받고 있다면 많은 의사를 찾아다니며 혹은 헛돈을 판 환자라면 하루속히 몽원보를 마시기 바란다 얼음 얼음 석 자가 하루에 얼지 않는 것처럼 심장병을 치료하려면 하루이틀에 낫는 것이 아니다 마음대로 약을 끊지 말고 꾸준히 마셔야 근치할 수 있는 몽원보

  심장병 환자에게 강복이 내렸다고 한다

가슴이 답답하고 마음 당황한 이가 한둘이겠는가
배달말로 앞쪽 중국말로 뒤쪽
심장병 있는 사람 없는 사람 모두 널리널리 알아 두라고

복닥복닥 거품처럼 끓는 장거리에서

건네 받는 먼

몽골 소식.

풍습골병에는

　시장에 풍습골병을 치료하는 약은 많지만 환자를 철저히 회복시켜 주는 약은 몇 개 안 된다

　산동성 한 작은 도시에 풍습골병을 전문 근치하는 용한 의사가 있다는 것은 부녀 아동이나 다 알고 있다 그가 바로 김씨 풍습골병치료 제6대 계승자 김원보다 그는 유명한 풍습골병 치료의 명의로서 당지에서는 화타가 재생했다고 불리우는데 방원 백 리 안에서는 그를 모르는 사람이 없다

　김원보는 중의 세가에서 태여나 어릴 때부터 조상의 의술을 배워 백 가지 약초를 분별할 수 있고 의서를 숙독하여 환자를 치료할 수 있는 좋은 능력을 가지고 있다 더욱이 반신불수 환자 치료에 독특하다 의사 사업에 종사한 육십 년간 전문 풍습골병을 치료 의술이 뛰어나 사람들로부터 풍습골병 치료 미치광이로 불리우고 있다

풍습은 무얼까 골병은 알겠는데
어릴 적부터 들었던 골병에는 똥물
누구 집에 누구가 골병이 들어
대나무 칸칸 똥물 받아 마시고 나았다는 소문

그리하여 각지에 명성이 자자하게 되었는데 도대체 김씨 풍습골병 치료의 기교는 무엇인가? 첫째는 근 삼백 년 동안 전해 내려온 조상들의 풍습골병 치료의 밀방으로서 풍습은 물론하고 류풍습이나 경추 요추 관절병도 한 번에 뿌리를 뽑는다 올 때는 지팽이를 짚거나 엎혀 오던 환자들이 김원보 한 개 료정을 복용하면 삼오 일이면 땅을 디딜 수 있고 십여 일이면 관절 활동이 자유스러워 한 개 료정을 모두 복용하면 엎혀 왔다가 걸어서 나간다

둘째는 국가에서 보호하는 약으로써 약처방이 중화 민간의 약명록부 제178페지에 수록되어 있는데 이것은 중의 사상 전례 없는 일이다 국내에서는 오직 김원보 광태건골 환만이 특수 영예를 받았다

서명하고 치료 효과가 없으면 환불한다

습은 십
씹과 같은 말뿌릴까
시루다 씨루다 샅 또는 사타리 샅바 샅치기

풍은 아직 모르겠다 바람 든 병
치료 효과 없으면 환불한다는
그런 말이 풍인데 풍.

사나이 격정 웨치라

늙은 소 콩밭으로 한다고 연초에 친구들한테서 어떤 신
비한 약 백초왕삼보캡슐이 있는데 조루 발기 무력 노년
성기관 위축 소변이 잦고 급한 증상들을 치료한다는 말을
듣고 두 개 료정 사서 복용하기 시작했다 이 약은 정말 좋
았는데 복용 당일 충동이 생기고 탱탱하게 발기되는 것이
였다

나는 급급히 아가씨를 찾아갔다 오래동안 못 본 옥문을
보자 곧장 삽입하였는데 그 감각 정말 미묘하고 그녀 또
한 나를 꼭 끌어안는 것이였다 마지막에 그녀는 말했다 이
늙은 소 같은 영감 사십 분이나 하고서야 홍수마냥 내쏘니
참 대단해요 평생 혁명 공작을 했는데 나이 드니 이런 재미
라도 즐기는 것이 나쁘지야 않겠지

비아그라 처음 보여 준 이는 일흔 무렵 박 시인
혼자 머물고 있었던 신리 삼거리 골방으로
죽은 옛 시조 시인의 작품철을 복사하기 위해 드나들었던
시기
한 알 두 번 나누어 먹는다는 그이는

186

종이에 싼 파란 비아그라 내게 보여 준 것인데
두 번째 비아그라는 최 교수가 지도한
제자의 박사학위 심사 저녁 자리
정년 기념 제주도 내외 여행을 마련해 놓고 딸이
자신에게 쥐어 주더라는 비아그라
그런 비아그라가 오늘은
캡슐로 몸을 더 푸지게 키워
연길 혁명 동지들을 즐겁게 하나 보다.

내 삼 년 된 당뇨병

병이라면 병 다친 곳이면 다친 곳
너댓 살 감자 캐던 남밭 나무새 고랑에서
누부가 내려친 괭이에 머리를 받은 뒤로 큰 병 없이 살아
온 복은
어릴 적부터 이저리 할메 손자 치성으로
밤에 약쑥 인동 덩쿨 넝쿨
넣어 삶고 고은 단술이며 환

   나는 올해 65세로 당뇨병에 걸린 지 3년이 된다 줄곧 약
을 먹으면서 밥을 감히 많이 먹지 못하고 혈압도 높아 강
압약도 먹어야 되었다 수면도 좋지 않아 온밤 제일 길어서
서너 시간밖에 자지 못하고 잠들기 어려웠으며 조금이라
도 소리가 나면 깨어나고 다시 잠들지 못했으며 온종일 정
신이 흐리멍텅하다 또한 나는 성질이 줄곧 좋지 않았는데
늙으니 성질이 더욱 나빠졌으며 걸핏하면 다른 사람과 다
투었으며 자신이 틀렸다는 것을 알면서도 공제하지 못하
였다

잔대 삽주 도라지 칡
할메 가마솥 안에서 봄 가을 약물이
우쭐렁우쭐렁 떠들썩하더니
나이 들고 세월 덜어내면서도
며칠 입원이 없었던 데는 할메
손자 치성 덕이라 여기며 살았는데

　로친도 나를 보고 남성 갱년기라고 말하면서 모두 나를
양보해 주었다 다른 사람의 말을 들어보니 장춘보구복액
이 여러 가지 병을 치료할 수 있다 하기에 나는 인차 사와
서 복용하였는데 효과가 정말 좋았다 지금 내 혈압과 혈당
이 모두 온정되었으며 약 수량도 감수되였다 특히 내가 제
일 기쁜 것은 수면이 좋아져 잠자리에 눕기만 하면 인차
잠에 들고 정신이 나고 성질도 좋아졌으며 지어는 친구들
도 나를 보고 신체가 이전보다 많이 좋아졌다고 말했다

어느 해 혈압계가 마구 찌르는 하늘로
마음이 쏠리고 신경이 넘어지곤 해서

우악지게 생긴 밤도둑처럼 참참이 찾아온 놈
단단히 붙은 것인가 걱정이 늘어
핏대 세우는 일은 줄여야 하리라 작정하고
아내 앞세워 반여농산물시장 울뚝불뚝 양파 한 망 사 들고
삶아 먹고 찍어 먹고 아직
강압약 없이 핏대를 쓰다듬을 수 있을 듯 싶은 가늠은
합천도 율곡 문림 의령댁 할메
약손 손자로
자란 긍지.

광제산

홍안 의란 연길 발 아래 멀리 낮게 내려다보며
발해 고구려 더 위쪽 어느 때 것인지 알 수 없지만
겨드랑이에 품은 돌무덤 예닐곱
광제산은 이마를 짚고 생각이 깊다
무릎 아래 연길공원묘지 둥 두렷하게 둔 일은
죽음이 삶에서 멀리 떨어져 춥고 곯지 않도록 도우기
열두 간지 띠별 짐승 제단 향불 위로 오갈 죽음이
저를 미워하거나 애태우지 않도록 거들기
건너 아래 산성산 에돌아 달리는 부르하통하 물길
양회 아파트 쿨럭쿨럭 어깨 짚고 오르는 골짝 아래 종점
에는
시내 버스 두엇 쉬며 허리 씻겠다
토장 토닭이 좋다는 의란 너머까지 오가는 버스도 있을까
흩어진 돌무덤 위로 힐금실금 양 떼 지나고
너 어디서 살다 왔니
광제산은 구름 한번 쥐다 놓는다.

여러분에게

　교문 형제 자매에게 공경히 아뢰노니 아! 아프다 우리 겨레는 누가 한님 단군 거룩하게 길러 주신 영특한 사람들이 아니리오 그러나 모두가 바탕을 잊으며 뿌리를 저바리고서 사특한 길에 달리고 참함에 아득하며 가달길에 잠기어서 죄바다로 떨어짐에 마치 촛불에 닿는 약한 나비와 우물에 빠지는 어린 아기 같거든 하물며 또 굿것이 수파람하고 도깨비 뛰노니 한울 땅의 정기 빛이 어두우며 배암이 먹고 도야지 뛰어가니 사람 겨레의 피 고기가 번지를 하도다 나라 땅은 유리쪽으로 부서지고 티끌 모래는 비바람에 날렸도다 날이 저물고 길은 궁한데 사람이 어데 메뇨

　아! 슬프다 이것이 누구의 허물인고 비록 그러나 우리 한배 단군께서 특별히 크신 사랑의 은혜를 드리우사 어린 아기의 우물에 빠짐을 차마 언덕에서 놓아 보지 못하시고 한 가닥 이 백성의 살아갈 길을 거듭 열어 주시니 우리 대종교문이 이것이다 다행히 교문에 들어오는 이는 공중에 떨어져서 두루미를 타는 것 같고 교문에 나아가지 않는 이는 돌을 지고 바다에 빠짐과 같은지라 모두 한가지인 우리 형제 자매들이여! 화가 변하여 복 또한 내 마음에 있는지

라 옛 사람이 일렀으되 화와 복은 문이 없고 오직 사람이
부르는 바라 함은 실로 오늘을 준비한 말이로다

　나는 죄가 무겁고 덕이 엷어서 교문을 맡은 지 여덟 해
동안 큰 도의 빛난 빛을 널리 펴지 못하며 능히 이 세상 아
득한 길을 크게 건너지 못하고 이렇듯 오늘에 빠짐이 있으
니 도리어 부끄러움을 이기지 못하겠고 또한 여러분 형제
자매의 독실하게 믿지 않는 허물이라 이를 것이다 내가 이
제 온 천하 형제 자매의 허물을 대신하고 한 오리 목숨을
끊어서 위로는 한배님께 사례하며 아래로는 모든 겨레에게
사례하노니 내가 간 뒤로 대종교의 일은 오직 여러분 형제
자매의 힘씀으로써 이 세상이 행복할 것을 바랍니다 늘 건
강하시고 힘을 많이 써 줍시오.*

아 아프다
아 슬프다
어느 핸가 아내와 고흥 땅 포두
시집 한 권 앞바다에 던져놓고 사라진 옛 시인을 찾아
그이 무덤과 머물렀다는 탑사를 둘러보고

벌교 나철기념관에 들렀을 때
오가는 이 없는 뜰에 서서 들었던 울음 소리
흘러 흘러 연변에서 먼 전라도 땅까지 와
한나절 통곡하고 갔다는 한 사람
그 사람 누구였을까
아 아프다
아 슬프다
그 말씀 이리 아프고 슬픈 저녁.

* 글쓴이가 아래에서 가려 매만졌다. 무원 김교헌 종사 지음(단애 윤세복 종사 옮김), 『홍암신형조천기(弘巖神兄朝天記)』, 대종교총본사, 1971, 69~71쪽.

아침시장에서

가지는 두 가지
굵고 짧고 푸릉 가지
가늘고 길고 자주 가지
한 밭에 자라기 힘들지

사람은 두 무리
누리고 뺏는 파당
나누고 쌓는 붕당
한 하늘 덮기 어렵지.

설뫼 한 바퀴

설뫼 안길 굽은 길로 걸으면
오목조목 기왓집이 열에 다섯
설뫼 바깥 곧은 길로 달리면
느티도 은행도 우렁우렁 옛말

　대형의 성은 안씨요 휘는 희제요 백산은 별호다 개천
4342년 서력 1885년 을유 8월 4일 경상남도 의령군 부림
면 설뫼에서 태어나셨다
　스물한 살 을사(1905) 봄에 서울 보성전문학교에 입학하
셨다 다음 해 봄 양정의숙 경제과로 옮기어 스물네 살 무
신(1908) 봄에 졸업하시고 이어 교남 곳곳을 유세하여 여
러 학교를 세웠는데 그 가운데 동래군 구명학교와 의령군
의신 창남 셋은 오로지 대형이 이루신 바다
　다음 해 기유(1909) 구명학교장이 되어 두 해 동안 일하
고 스물일곱 살 신해(1911) 봄에 북간도와 연해를 거쳐 우
리 국경까지 세 해 동안 유력하다가 부산항에 되돌아와 백
산상회를 세우셨다 이 상회는 그 무렵 온나라에서 으뜸으
로 큰 상사인데 겉으로는 무역 간판을 붙였으나 안으로는

경상도 명사인 애국 동지를 아우른 항왜 활동 연락 기관이었다 따라서 부산상업회의소 부회장과 부산상업학교 이사를 거치고 서울 중외일보 사장으로 두 해 동안 종무하였으며 마흔아홉 살 계유(1933) 겨울에 도만하여 발해 고도 녕안현 동경성에서 발해농장을 세우고 발해학교장으로서 한 해 동안 일하셨다 대형의 스무 살 뒤 스무 해는 사회 생활의 분투기였다

개천 4368년 서력 1911년 신해 10월 3일에 대종교를 신봉하고 갑인(1914) 3월 15일에 영계를 받으셨다 을해(1935) 정월 15일에 참교로 뽑혔고 병자(1936) 6월 23일에 지교로 승질되어 경의원 부원장으로 피임하셨다 신사(1941) 정월 15일에 상교로 승질되어 총본사 전강으로 전임하였으며 또 교적간행회장으로 두 해 일하며 임오(1942) 10월에 천전건축준비회 총무부장을 맡으셨다

같은 해 11월 19일에 왜경에 붙잡혀 녕안현서를 거쳐 목단강 경무처에 갇힌 지 아홉 달만에 병으로 보석되어 다음날 4400년 서력 1943년 계미 8월 3일 목단강 구제의원에서 귀천하니 향수 쉰아홉 살이라 세 해를 지나 병술(1946)

8월 15일에 정교가대형 호로 추승되셨다 그 유해는 본적
지에 봉장하였고 다섯 아들 상록·상훈·상만·상두·상문
이 극가리라*

호랑이는 바위를 뜯고
웅글진 북풍은 하늘을 찢는 만주
감사나운 개떼에게 물려 끊긴 쉰아홉
어릴 적부터 뒷메 설뫼를
백산 백두산 삼아 섬겼던 이가 오늘은
가랑가랑 가랑잎 시름을 덮고 잔다.

* 백산(白山) 안희제(安熙濟). 정교가대형(正敎加大兄). 극가(克家). 아래
에서 가려 글쓴이가 매만졌다. 김두종, 「십현약력」, 『임오십현 순교실
록』, 대종교총본사, 1971, 56~58쪽.

부르하통하

흐르고 흘러 거세차구나
철떡철떡 강둑을 박치고 하늘 허물며
후더운 이 여름 어딜 가나 뒷박에 녹두마냥 큰물 소식 요
란한데
쓸고 쓸려 가 버린 부르하통하
텔레비전 바깥으로 넘치는 강물에
젖고 젖다 달려나온 아침

눈 아래만 보지 말고
눈썹 위 하늘도 가끔 보라며
한 하늘 두 하늘 넘고 와
웃고 선
낮달.

룡정 종점

흙바닥에 엎질러진 죽 대접처럼
두만강 너머 쏟아져 흥건한 왜로 오랑캐 마차 화차에
룡정 골목 어느 데 없이
어머니 뛰셨다
우셨다
묻히셨다 다

그렇게 쓰고 덮은 뒤
찾은 룡정
비암산 여름 자락
하늘 줄다리가 새로 사람을 부르고
꽃밭에 꽃밭을 더해 끄는 마차
멀리 화룡에서 벋어내린 어느 쯤에서부터
발해 옛 궁터가 갇힌 서성촌
그 아래 습근평 다녀갔다고 팻말 높은 마을까지
비암산 바람은 갔다 왔다 왔다 갔다
문 닫은 룡정천주교회 담장으로 봄볕
민들레 꽃씨를 부르고

서른 해나 가까운 옛날에 올랐던
송몽규 윤동주 두 젊은이 무덤 등성이 길은 물을 데가
없어
동산공원은 아는 이 모르는 이 헛발질로만 남아
이제 다시 혼자 닿기 어려우리라 작정하니
룡정 바닥이 죄 동산공원 같다

쉴 곳 찾아 걸어온 룡정 기차역
하루에 몇 차례 없는 기차를 바라
몇몇 버스도 마냥 자는 종점
내가 앉은 버드나무 그늘에는
썩돌인지 자갈인지
몇 철은 굴러다닌 듯한 주먹돌 하나
멍한 낮빛으로 민들레 발치서
혼자 타박거린다 타박.

잠자리 날아 나온 곳

사람 가고 집도 가고
물골에 안개
낮다랗게 들려오던 밤새 소리 그쳤는데
부들부들 왕부들 흔들리고 기우는 너머로
지난밤을 물어 끊고 나온 해
해라 해 보라

찔러 죽이고 갈아 죽이고 삶아 죽이고 달아 죽이고 피를
받아 죽이고 도려내 죽이고 벗겨 죽이면서
　남편의 원혼 무덤을 찾았다 밀정에게 들켜 암개라며 삼동
추위에 옷을 다 벗기우고
　마을을 쫓겨났던 여인이 옷고름 잡고 뜯으며 부르짖었다
는 옛말
　지금 눈에 고인 것은 오로지 피눈물뿐
　하나하나 이를 뽑아도 투항하지 않은 아들 입안에 대고
총을 쏘아 죽였다는 할머니의 옛말 다음에는
　큰 돌덩이로 몸을 눌러 놓고 가죽 채찍으로 살을 뜯긴 아
버지

형 동생을 한 방에 가두고 불을 질렀다 튀쳐 나오는 조카
둘을 쏘아 죽이고
　왜놈 영사관에 끌려가 눈알을 뽑히고 간까지 잃은 뒤
　그 참상에 양잿물로 숨을 끊은 어머니
　1931년 신미해란강참변 뒤부터 더욱 붉었다는 해란강
　이른바 수비대 토벌대에다 자위단 사냥개들이 도살한 옛말
옛말

　1946년 10월 '해란강혈안청산대회'가 열렸다는
　연길 서광장은 어디쯤일까
　3일장 쪽일까 건너
　소시장 쪽일까
　아침부터 잠자리 날아 나온
　핏빛 노을의 흑점.

연길역

크고 빠른 기차 오가는
연길서역 앉고부터
추위 피하는 아이처럼 밀려 쪼그린 연길역
남자 바지 더듬는 여자들 눈치질 걸음이 역 앞에 게으르고
시외버스정류소 크작은 차 손들 부르며 받으며
아침부터 연길 벗어날 궁리 바쁘다

통화 백산 버스는 크고
왕청 돈화 버스는 작다
목단강 더 너머
가목사

토왜 명장 양정우의 배를 갈라
나무껍질 풀뿌리 솜덩이만 나오는 것을 보고 비웃었던 왜
로 군의들이나
장군 조상지의 몸은 송화강 얼음장 밑으로 던지고
머리는 잘라 가목사 네 거리 내걸어
세상 윽박지르고 떠벌렸던 왜놈 군경 장난질에 발 맞추고

입 맞추어
    그 머리를 꾸짖고 놀리는 잔혹 비정한 시를 써서 바쳤던
    푸른 말대가리 누구였던가
    그런 글쟁이가 협화회 밀정으로 배우고 익힌
    반공 방첩 깃발을 헐떡벌떡
    달아나 내려온 고국 남쪽에서도 높이 쳐들어
    허풍선이 명망 시인이 된 둔갑질은 아직도
    망명 보내지 못해
    그런 것인가 땅에 떨어져 밟힌 세상 어처구니

    가목사 버스
    통화 백산 버스는 아직
    웅크린 불곰처럼 잠과 씨루는데
    나는 기껏 아침부터
    가까운 안도 물가에 나가
    먹을 점심 걱정이다.

자진모리 까치

술 마시는 일 말고는 다 잘한다는 안 주임과
저녁 밥상치레 떠난다 먼 북녘 흑룡강성 오상 시댁
추위도 가파르게 떨어진 음 이월
없는 살림에 아들을 연길 겨레 대학으로 공부 보낸 아버
지 어머니
아들 하나 잘 키운 보람이 하늘 한 켜 더 올려다 보게 했
다는데
처음 인사 간 날 밤 기찻간도 얼어 붙어
화장실 안으로 삼동 어둠이 거꾸로 송곳처럼 올라 달리고
밤을 넘긴 잠이 희부연 눈발에 미끄러질 때 길림시
아침 한나절 기다렸다 오상 버스는 추위로 다시 굴렀다고
옛말 할 때면
까르까르 지르지르 목소리 높아지는데
언제나 지름소리로 시작하는 그미 말씨
자리 펼 때면 폭포수 가까이 온 듯 요란한 높은음자리
자북자북 일 잘해 높이 올랐다던 남편이
어느 해 송사를 겪어 먼 장춘까지 오간다며 보이지 않고
바쁘더니

어느 여름에는 한국에서 왔다는 이에게 상담을 배워 더 바쁘고

어느 겨울에는 보험원으로 바쁘기도 해서

신혼 첫 걸음 오상 추위는 그저 장날 한나절 일

키운 딸 남쪽 먼 항주 한족 사위로 보내

어느 해 여름에는 만나고 왔다고 자르자르 웃기도 했는데

먼 걸음에 멀리 오가며 살게 된 일은 그미 숙명이라 했던가

두만강 압록강 아래서도 어디서 왔는지 어떤 내림인지 죄 잊은 집안이지만

어릴 적 룡정도 해란강 물가 마을 동성진 외가를 오갔다 했으니

일찌감치 함북도 쪽에서 건너온 거라 짐작해 보는데

한 해 한두 차례 연길 갈 때마다 만나 저녁 점심 같이 하면서

그미와 배구 선수 출신 김 주임 또 조 주임 이렇게 셋이 만나는 날이면

서역 양꼬치도 맵고 개구리탕집 곁 이슬람 철판 홍건한 건져먹기

멀리 발해 목단강 경박호 잉어 돈화 가물치로 어기향 철
솥찜도 한껏
　까치도 비켜 나라 할 목소리 아래서는
　나라 안에서도 남녘 들에서 자랐다는
　판소리 지름소리에 들린 기분이라
　집안은 그곳 어느 데서 비롯했으리라 즐겁게 생각하면서
　아리랑모텔 오 층 방에서 내려다 본다 건너 아파트
　아직 살고 있을까
　오늘도 장춘 가는 빠른 기차 기다리고 있을까
　눈 내린 아침
　쓸어내는 이 한 사람 보이지 않는 뜨락
　까막까치 두 마리 벌써 까막까막 전을 편다.

려산

진시왕 진시황
왕과 황 사이에서
그이 놀았다는 옛터
묻힌 지 이천 년
흙으로 빚은 입에 무슨 말을 못 엮으랴
석류밭 고랑을 이부자리 삼아
그이가 토해 놓은 병졸들이
수숫대 여자를 굽고 있다.

제 5 부

돌솥밥

길 끊은 겨울
흰 곰바우 쓴 묏발은 물러나 앉고
사월에나 문을 열리라는 박물관
자전거 하나 제 그림자를 감고 섰다
청산리는 택시로 다시 사십 분
청산리 언덕 청산리대첩비는
오가는 기차 안에서도 보인다더니
박물관도 대첩비도 못 본 채
화룡도서관 뒷길 화룡시장
아내와 늦은 점심을 받는다
잣에 대추에 영양 돌솥밥
어느 영양에 청산리 볕살이 쬐기나 한 건지
화룡 벌 청파호 어느 언덕에
대종교 삼종사 고드름같이 긴 슬픔이 누웠다는 것인지
우리 내외 점심은
더욱 더디다.

화룡에서 흰술을

화룡시장 식당가
낮은 탕집
두 집안 젊은이가 선을 본다
그 아버지와 어머니는 아들을 사이 앉히고
어미 없이 큰 듯한 딸은 고개 숙여 탕을 뜬다
아버지는 사위가 될지 모를 그 아들
맥주 첫 잔이 즐겁다 어머니는
앞자리 딸이 며느리로 좋이 차는 듯
젓가락질 가볍다 두 집안은 몇 대째
화룡에서 연길에서 모른 듯 살아왔겠지만
앞으론 연길 한 공원묘지에서 만날 일을 꿈꾸는지 모른다
세 병째 맥주가 비고 웃음이 길어져
딸의 동생까지 와 늦은 인사를 올린다
선자리가 혼롓날 같다 그 어머니는 양탕을 더 시키고
딸은 부끄러움을 젓가락처럼 쥐고 앉았다
딸 손등으로 아들 눈길이 자주 얹힌다
고추 장아찌에 절임김치 차림이지만
포기포기 달리아 꽃자리

화룡도 인천 허씨일 듯한 아들네와
은진 송씨일 듯한 딸네 혼롓날은
돌아오는 시월일까 이제 두 집안은
화룡 연길 한길처럼 죽 곧을 것인가
그 아들과 딸은 백두산 어느 들목
산양삼에 석이를 키우고 집안 처마 밑을
재갈재갈 삼꽃 아이들이 오갈 것인가
화룡시장 식당가
낮은 탕집
향초 그윽한 개탕을 비우며 나는
흰술 벌써 두 잔째다.

손벌초

세 해 앞선 겨울
나라에서 막는다는 노루 대접을 받아
화룡 공안의 도움으로 먹은 고기
밤새 길목을 지켰으나 잡지 못해
미리 얼려둔 것으로 낸다는 인사치레를 받으며
육회에 탕까지 거치고 화룡을 벗어나던 길
얼었다 되녹는 저녁눈 한길에서 눈짐작
차를 세워 훌쩍훌쩍 올라 만났던
화룡도 청파호 대종교 삼종사 무덤
나철 서일 김교헌
김교헌 서일 나철
잰걸음 사진 몇 장으로 돌아섰던 섭섭함이
못내 이마에 걸려 지낸 터였는데
연길 떠나기 이틀 앞인 팔월 열여드레
화룡 길 첫 버스에 몸을 얹어 다시 찾은 곳
첫 이름 청파호 왜놈이 청호로 고쳐 지금은 청호촌
누군가 다녀갔던 듯 상석 앞 발자취 흐릿하고
다음 달 초순이 한가위라는 생각에

웃자란 풀더미 손벌초를 시작했으니
한 시간에 오른손 검지 물집이 터지고
다시 왼손 검지 물집
태풍 지난 며칠 뒤라
좋이 풀은 뽑혔으나 무덤 바깥
여러해살이에 아까시아는 이길 수 없어
두 시간 듬성성 손벌초 그친 뒤
내려오다 만난 무덤 같은 두 자리
고령이나 상주 어느 옛 서울이었던 곳의 능 꼴
들머리 막히고 둘 사이 붉은 벽돌 허물어진 움막 하나
풀을 뽑다 내려 보다 든 짐작은
삼종사 무덤 아래서 대종교 분들
밤굿 새벽굿 올라와 머물던 기도실일 거라
넉넉하고 그윽하게 여겼던 터인데
꼿꼿하게 내려다보고 선 CCTV 까마귀도 아랑곳없이
풀을 뽑고 내려온 것인데 버드나무 길
푸른 처마를 따라 시원한 화룡 한길을 걸어
점심 뒤 다시 청파호에 들러 안 것은

그게 기도실이 아니라 왜놈 때

임업국 종자창고 둘에 사이 관리인 임시 집자리

화룡 해란강 흘러 솟아 들에 골에

하고도 많이 쓸 종자 창고를 하필

대종교 삼종사 무덤자리 코 밑에 세워

관리인까지 둔 속내란 뻔한 것

누가 누가 오가나 주먹감자 먹이나 지켜보기 위한 일

그 짓을 광복이 오고 민국이 들어서고도 거듭하다

1970년대에 그만 두었다는 긴 흔적

나철 서일 김교헌

김교헌 서일 나철

지난 보름 김교헌 지사 손자 다녀갔단 청파호

예전에는 마을 노인회서 한식 한가위 벌초를 했는데

정보국 감시와 간섭이 적지 않아 그 일도 그만 두었다는데

배달겨레 흰옷 겨레 길이길이 모여 살자

왜놈에게나 민국에게나 대종교는

죄 거슬리는 쐐기풀

이미 버려 놓은 삼종사 무덤 아래 종자창고

그보다 높이 솟아 무덤자리 내려다보고 선
CCTV 까마귀는 다를 바 없는 것이어서
그제나 이제나 어디서나 밟히고 차이는 대종교
노루몰이에 뛰다 지치다 막다른 골에서 붙잡혀
쓰러지고 꺾였을 그 숱한 목에 여윈 다리
내가 세 해 앞서 먹었던 노루가
어쩌면 그 옛날 대종교 분들 처지였을 거라 생각하면
슬픔은 깊어도 아주 멀리 깊은 것인데
화룡도 청파호 청호종산 삼종사
삼종사 무덤 빗돌 풀이판에도 대종교라는 말이 없이
그저 반왜지사 묘라 슬몃 적었는데
세월 바뀌어도 켜켜이 대종교 흐릿한 옛 일은
단군 나라 배달겨레 긴 슬픔
땅 건너 물 건너 집에 와 쓰린 두 손 물집은 말라 앉는데
손톱 밑에 남은 삼종사 무덤 자리 검은 흙때는
봉숭아 꽃물 든 양 그냥
그냥 며칠을 둔다.

중경성 엉겅퀴

서고성에서 내릴 것이라 말해 두었는데
기사가 지나치려 했다 서고성은
발해 옛터 중경성 두 번째 서울
비가 오다 말다 추적거리는
안성 바깥성 사이 주작 큰길
1922년부터 1945년까지 크작게 다섯 차례나 왜놈들 손을
탔다는 곳
2000년대부터 연변 쪽 발굴이 이루어졌다는 곳
안성 안은 손맞이 준비를 마쳤고 그 바깥
높이 높이로 둘러 쳐둔 쇠울
무얼 숨기기 위해 무섭게 세워둔 것일까
쇠살 사이로 안성 바닥 쳐다보며
거기 돋은 풀과 버려진 나무 토막
가끔 손질하다 두고 간 쓰레기망
쇠울을 돌며 남동북서 한 바퀴 첨벙첨벙 논물에 발을 담그면
차이는 것은 자갈 농약 빈 통
그런 걸음 아래 붉은 질그릇 사금파리 벽돌 조각
꽃무늬벽돌 푸른유약기둥밑치레 푸른기와 연꽃무늬막새

겨우살이덩굴무늬막새 물결무늬 공작새무늬 암수 기와
　남문 앞 바다에는 띄엄띄엄 돌판을 깔아
　발해사를 하나씩 새겼는데
　당나라 발해국이라 적은 못난 처음부터
　당 926년 발해 국망이라 쓴 마지막까지
　발해가 어떻게 당에게 조공을 바쳤던가
　사신을 보냈던가 줄기차게 되풀이한 돌판은
　생각만큼이나 얇아서 벌써
　빛깔 날아가고 보이지 않는 글씨
　무엇이 씌었는지 다 알 순 없지만 이른 점심
　점심으로 떼우리라 넣어 온 미숫가루와 명태포
　쉴의자에 앉아 씹는다 북조선
　어디서 잡은 것인지 이름만 북조선 명태포 사이사이
　숨어 핀 파란 곰팡이 아득한 길
　그걸 뜯어내다 먹으려다 버린다
　내가 이곳에 와 본 것은
　찌그러진 깡통같이 차이는 발해
　그나마 한족 관리인 목소리

저 낭기 내 기요 낭기 옛 배달말을 배운 그이는
담에는 열쇠를 따 안을 보여 주겠다지만
언제 들어가 볼 수 있을지
흙을 달구질해 다지고 올린 성벽 너머
크작은 물길 엮어 해란강이 가로 꿰어 지나고
품이 십 리에 길어 칠십 리 두도 벌 평강 들
의젓한 곳곳 함박꽃 마을
또 여기서 한때 물길을 잡고 볏대를 세웠던
겨레붙이 어른들 바쁜 모심기 떠올리며
나는 떠난다 서고성.

불 꺼진 창에

불 꺼진 창에 어둠 차겠지만
안개 두꺼비 논둑 기엄거리겠지만
붉은 흙담 우룩주룩 빗발이 파고
고수버들 가지 위로 능청능청 큰별 잔별
낳아준 어머니 길러준 어머니 흔한 옛말인 양
고아로 자란 스물셋
사이판 봉제공장에서 박음질한 네 해
남편이 가고 아들이 가고
불 꺼진 창에 이슬 맺히겠지만
빗물 더하겠지만
타타타 타타 고향 룽정 너른 들엔 여태
여치 날갯짓 소리
호롱불 꺼지는 소리
부르하통하 물길이 매일 눈을 감고 뜨는 연길에서
서울 채널을 틀어 놓고
오늘도 단밤을 까는 마흔넷
붉은 삼꽃 여자가 산다.

저 낭기 내 기요

들어가는 문은 업슴니꺼
열쇠를 채왔소
한족 한족인데 조선말 잘하시네
들어가는 문은 그러믄 저쪽에 잇슴니꺼
열쇠 채왔소
응 언제 또 오겟소
인제 가면 약속하기 힘든데
제가 기다리믄 어르신이 쇠때를 가져오실 수 잇겟는데
다리가 아파 어떻게
아 그렇구나
이게 발굴은 언제 햇슴니꺼
십 년 되오
요새는 왜 안 합니꺼
비 와 못하지 못 들어가게 하오
이게 발굴이 언제 끝납니꺼
모르지 국가에서 돈을 얼마 대면 하지
아 그렇구나
내 저 일 잇어 가오

연세는 나이는 여든 여든둘

예순둘

이름은 이름은 명 명 명편

그 어떻게 알켜 주오 그 후에 내 책음인데

내 이거 십오 년이나 하오

성만 박가 이가 정가 그런 거

그거 안 알켜 주오

그럼 이 마을에서 태어낫습니꺼

우리 이 마을에서 백 년 살앗소

아 여기서

원래 이기가 우리 집이오

저 낭기 내 기오

아 그럿구나

조선말은 어릴 때 조선 사람과 살아서 그럿습니꺼

올소 올소 한국서 혼자 왓소

어데 연길에 왓소 연길에

예 아침에 연길서 화룡 버스 타고

여기서 내려

연길에 재미 업소
농소에 와야 재미 잇지 올치
기외집 하나 맛타 놓고
지금 마을에 조선 사람 마이 삽니꺼
몇이 업소 다 한국 갓소
아 그럿구나
평소에는 이곳 지키고 농사 일 두 가지 하시네
올소
저기 저 산 룽두산 발해 공주 무덤에도
길이 나 잇습니꺼
잇소 다 공공 길이오 잘 나 잇고
더 못 들어가오
다음에 오면 누굴 찾으까예
이름을 알아야 할 낀데
저 집이 우리집이오
첫 집.

머리카락

방을 닦다 기다 엎드리다
보니 머리카락
욕실에 살려 보낸다 듬성성 실뱀장어
어릴 적 기다림을 잡아 준 대낚시 줄
어느 마음을 헤매고 다니다 기슭진 것인가
챙기지 못한 어떤 만남 어떤 헤어짐이 하두나 바빴던가
버릴 것 많은 세상에 지킬 것 적건만
줄어드는 머리카락 셈은 그만둔 채
제 길 가도록 잊었던 것인데
어느새 이저곳 짧게 길게 흩어져
달리는 머리카락 희고 검고 검고 희고
반짝반짝 창가까지 뛰어오른 놈도 보인다
머리카락은 기억없이 떠난 옛 애인
막 그친 비설거지
새로 찾은 산 내림길
어디 닿을지 모를 먼 걸음이
부디 어둡지만은 않기를.

산조 저 김좌진의 딸

산에 살아 산조가 아니라
산에서 나 이름이 산조
때로 작아 작은새 소조라 불리기도 했다지만
아버지 김좌진 장군이 가실 때 겨우 세 살

1926년 말인가 언젠가 흑룡강도 해림에 머물 때
아버지가 모시고 있었던 책사 여덟 분
멀리 한국 아내를 데려오려 두 해나 애썼으나 실패한 뒤
건강을 염려해 홀몸으로 둘 수 없다며
새로 맞게 한 아내가 제 어머니
열아홉 김영숙

외할아버지는 아버지 고향 홍성 가까이 살다
기미만세의거에 뛰어들었다 왜경에게 맞아 죽고
외할머니 악물고 어머니를 키웠으나
중학교 이 학년 때 돌아가셔서 학교를 그친 뒤
집에는 오라버니와 남동생 어머니
남은 세 식구 오로지 받들던 김좌진 장군을 찾아 물어

물어 만주로 건너왔던 처녀

마침 새 짝벗 찾던 팔로 눈에 들어
1927년 봄 단오 앞두고 혼례 올려 해림에 살았으나
그해 가을 근거지를 산시로 옮겨
한 달에 한 번도 들르지 못하셨던 아버지
이듬해 봄 만삭에 해산이 가깝던 어머니
얼굴도 비치지 못한 아버지

팔로는 아버지 보살핌을 가까이서 받을 수 있도록
어머니 동산시로 보내기 위해 보호자 붙여 보냈는데
기어이 벌어진 일 산길로
산길로 가다 새소리에 취해 보호자가 앞선 통에
산통을 느낀 어머니가 혼자 넘길 요량으로
슬그머니 숲속으로 들어가 저를 낳았는데
뒤를 밟던 밀정들 맥없이 누운 어머니
더 깊은 산속으로 끌고 가 잔혹하게
깜쪽같이

죽이고 흔적을 감춘 뒤

아버지와 김기철 강익선 그리고 별동대원 둘
다섯이 동산시에서 해림으로 가다 산속에서
갑자기 울음소리 듣고 따라가 보니
발가벗은 갓난애가 바둥바둥
이어 난도질당한 어머니
아버지는 눈물 한 방울 흘리지 않으셨다 합니다

어머니 묻은 뒤 금방 낳은 핏덩이
저를 강익선이 옷섶에 싸안고 돌아왔으니
아버지는 더욱 격분하여 과묵해지셨고
두어 달 동냥젖으로 키우다 하는 수없이
중국인 집에 넘겨진 저

아버지는 1930년 설을 앞두고 며칠째
고장 난 정미소 기계 밤새 손질하다
새벽잠에 일어나 아침을 뜨려다 뚝

부러진 숟가락 새 것으로 바꾸어 드시려던 순간
돌아가는 정미소 소리가 반가워 뛰어가
방앗간 문을 여는데 김인관 이놈
한 해나 신분을 숨기고 살았던 조선공산당
만주총국 밀명을 받은 놈이 쏜 총에 일곱 척
아버지 부러진 소나무처럼 쓰러진 뒤

해림 일대 산시 일대 백여 리를 훑으며 찾다
마지막으로 고른 곳이 동산시
넓은 벌을 내려다보는 산마루로 하자는 생각도 있었으나
생전에 만주벌에서 추위에 떨었으니
따뜻한 곳이 좋으리라 산기슭에 모셨으니
파헤쳐질지 모르는 일이라 밤낮 지켰던 산소

고국에서는 아버지 아들딸이 모두 요절한 터에
마지막 남은 딸마저 중국사람 만들 수 없다며
저를 찾아오려 했으나 이미
세 해가 지난 뒤라 일이 쉽지 않았는데

먼저 피쌀 두 가마니 가지고 갔다 퇴짜 맞은 뒤
다시 돈을 구해 입쌀 두 마대에
저를 데려올 수 있었답니다

1934년 봄 좌상 정해식 어른 지휘로
아버지 유해가 안전하게 돌아가도록
팔로들이 고향에서 본디 어머니 오숙근을 부르고
전용 짐차로 기차로 할빈 심양 단동 신의주를 거쳐
유해를 보낸 다음 적들에게
파헤쳐질까 걱정하며 세우지 못하고
산소 곁에 묻어두었던 목비만은
본디 자리에 두었답니다

그 뒤 김기철을 양부로 모시고 친딸처럼 자란 저
팔로도 어린 제 안전에 신경을 썼으니
풀은 뿌리째 뽑는다는 말과 같이
유일한 아버지 핏줄 저를 내버려두리라는 보장이 없었던
까닭

해림에서는 김좌진의 딸이라는 것을 아는 사람이 많았던 까닭에
제 안전을 찾아 옮긴 곳이 녕안현 해남촌 싸호리 깊은 산골

팔로는 저를 정성 쏟아 키웠습니다
1936년 제가 아홉 살 때 까닭 모를 병
소아마비 일종에 걸려 죽을 고비를 헤맬 때
열이 오르고 눈이 보이질 않고 목도 돌리지 못할 뿐 아니라
손발도 쓰지 못해 업혀 다닐 때였습니다

팔로는 의연금을 모으고 할빈 연해주 동경 들에 연락을 취했으나
동경에서 두 군데 대학을 다닌 뒤 아버니 책사로 있었던
양부 김기철
아버지 피살 뒤 저를 훌륭히 키우는 일
평생 의무로 여겨 모든 걸 희생하고 묻혀 살았던 분
익은 왜어에 동지 있는 섬나라로 가길 정해

배에서 내리니 많은 사람 마중 나왔고
그들이 저를 대판 어느 병원에 입원시켰는데
동경에 가서 종합검사 다시 대판으로 와 치료하고
문병하는 이들이 줄을 지었답니다
김좌진 장군의 딸을 구하자면서
돈을 내고 약을 구하고 음식을 가져와

그런 도움과 정성 속에서 한 해
걸을 수 있었고
목을 돌려 책을 볼 수 있었고
반 년이 더 지나 나은 몸
한 해 반 엄청난 치료비와 두 사람 비용은
아버지의 옛 전우와 겨레의 후원으로 이겨낸 일
완쾌한 저와 싸호리로 돌아온 뒤
양부는 친딸을 가리키며 이놈이 아팠다면
왜국은커녕 이곳 병원에도 못 갔을 거라 하셨습니다

양아버지는 아버지 활동을 위주로 한
신민부의 문헌을 갈무리하고 있었습니다
그뿐 아니라 아버지 한누리에 걸친 투쟁 기록
여느 사람은 무거워 혼자 들기 겨울 자료를
감추는 일이 쉽지 않아
제가 보는 앞에서
일부를 추려 태웠습니다
첫 번째 소각

양아버지는 1946년 3월 말 임종 때
남아 있던 모든 문헌을 넘겨주시며
이것이 네 아버지 한뉘 기록이다
아주 위급한 상황이 아니면 태우지 말아라
유언하셨습니다

저는 그 문헌 꾸레미를 목숨같이 여기고
깊이 숨겼다 문화대격변이 터지면서
광복 항쟁에 참가했던 이들이 잡혀가는 것을 보니

겁이 나기 시작했고 무섭게 느껴지기 시작했고
문헌이 드러나는 날이면
저와 제 딸이 살아갈 길이 없을 터였기에

생각다 못해 어느 밤
딸과 함께 꾸레미 헤쳐 살펴보면서
중요하다는 것만 남겼습니다 거의 모두 붓으로 쓴 것
책도 몇 권 아버지 본디 어머니 오숙근이
팔로에게 보낸 편지도 있었고
광복군 노래 스무 수를 적은 책도 있었습니다
「고 김좌진 추도사」에다 여러 사진

사진 가운데 기억에 남는 둘
아버지 신채호 김기철 들들 열둘이 찍은 것과
아버지 리달문 김기철을 비롯해 넷이 찍은 것
저와 딸은 한 꾸레미만 남기고
사진과 이름 적힌 많은 자료를 태워버렸으니
두 번째 소각

그 뒤 대격변의 불길이 더 거세차게 닥치고
집 수색도 엄해져 「고 김좌진 추도사」만 남기고 나머지
보자기 싸서 아버지 산소 뒷산에 파묻었으니
세 번째 손실
아버지 평생 중요 자료가 다 소실되었습니다
오로지 남은 「고 김좌진 추도사」도
십 년 남짓 고이 숨겨 오다
비 맞아 자연 소실되었으니

제게 남은 것은 두 오라버니
양아버지 김기철의 아들로부터 배운 노래에다
팔로가 가르쳐 준 것
「미세 당기세」
「봄이 왔네」 거기다
이름 모를 노래 몇 가락

을유광복이 되자 광복군도 투쟁 대상이 될까

곳곳으로 피란 다니다 흑룡강성 연수현에 자리 잡았을 때
본명 김광숙을 김순옥으로 고쳤고
1949년에는 위정규와 혼인했다 1953년
연수현 가신자에서 목단강으로 옮겨
지금껏 살고 있답니다*

산에 살아 산조가 아니라
산에서 나 이름이 산조
때로 작아 작은새 소조라 불리기도 했다지만
아버지 김좌진 장군이 가실 때 겨우 세 살.

* 강룡권,「김좌진의 딸-산조(山鳥)」,『동북항일운동유적답사기』, 연변
인민출판사, 2000, 13~29쪽.

콩콩

콩잎국에 된장
콩남새섞임찜에 지렁장 그예
깨묵장에 비빔밥 썩장에 호박잎 싸던 봄
저녁
할머니

콩나물밥 진밥
콩나물죽 추진 죽 그예
검은 콩장 한 톨 한 톨 젓가락 쪼던 갈
점심
어머니.

취나물

로리커흐 로리극호*
로리커흐 로리극호
산비알 아랫길에서부터 비틀지틀
비에 젖고 길에 젖어
고분돌이 한참 돌아 백두산 가는 어디쯤
더 오르면 만주국 무렵 왜적 비행장 자리
사람 길을 노멕이소가 밟고
노멕이소 똥 자리 피해 사람 길을 만들었는데
그 걸음 따라 다시 노멕이소가 자국을 키워
사람 길 짐승 길이 같은 곳
돌아오지 않으면 그만 다시
돌아오면 고마운 일
백두산 그늘 노멕이소 길은 주인도 모른다는데
곳곳 사람 발자국 따라 소똥 검게 피어
골짜기마다 모둠살이 살길을 겨냥한 듯
햇살 바른 물자리 쪽
딱 그곳으로 난 취 조심스레
두 잎 세 잎 뜯는다

그 무슨 양식이 될까마는 묻지 마라 취

취는 내 발목으로 젖고

비척비척 내 신으로 젖는데

아직도 어느 이름을 따라야 할지 모를

로리커흐 로리극호

로리커흐 로리극호

수수리 높은 봇나무 숲길로

백두산 취 뜯어 걷는다

이 골에서 내려오니

저 골에서 오는 사람

이 길로 내려오니

저 길로 오는 빗발.

* 老里克湖, 화룡시와 안도현 사이에 있는 곳. 겨울 눈 관광지로 이름
높다.

사과배

천천히 다시 빨리 새벽길 걸어 뛰어
모아산 밑에서 모아산 종점까지
구름 방석 몇 더 보내고
한 걸음 한 걸음 테모자 허릿길
돌아 오른다 모아산

오가는 사람 없고 날짐승 없이
너머 룡정 비알 모아산과수원까지
하얀 사과배꽃 출렁출렁 그네를 탄다
1921년 함경도 북청에서 가져온 배나무 접가지
돌배나무에 얹어 비롯해 1927년
로투구에서 세 그루 흰 꽃 피고 열매 맺은 뒤
웅달은 배처럼 노란가 하면 양달은 사과처럼 붉은빛
그로부터 참배 큰배로 불리며
로투구에서 화룡 도문으로 퍼졌던 아이들
그들 키우느라 바빴을 최창호 아바이
1951년에는 주덕해가 자랑차게 모아산과수원 자리를 잡
아 주었고

처음 사과배를 시작했던 로투구
어미 앞엔 1987년 나무선조비도 세웠다는데

훈춘 연변대학교 분교 도서실 조 주임
대학 졸업 뒤 처음 모아산과수원에서 일터를 잡았다는
그이가 몇 해 사과배 고랑을 버리고
책을 접고 펴는 도서관 이랑으로
자리 옮긴 일은 무슨 연고였을까

동생은 한국 국적 한국 부천
아내는 중국 국적 한국 온양
누나는 중국 국적 흑룡강성 오상 고향에 살고
연길과 훈춘 집과 일터 오가며
폈다 접는 조 주임 부채살 나이 어느새 쉰

사과도 아니고 배도 아닌가
사과면서 배인가
사과 가웃 배 가웃이 아니라

전혀 새로운 배 품종이라
이름만 사과배라 붙였다 하건만
사과배 내림이나 조 주임 내림이나

모아산 돌아 내리는 길
타닥탁 걸음걸음 사과배꽃 피고 진다.

연길

나라 곳곳 섬이 피었다 동녘 남녘 서녘
서녘 어느 바다엔 섬이 천넷에 천사처럼 곱다는데
그런 가운데 여적지 떠도는 북녘 섬이 하나
가끔 오가지만 닿지 못한 섬
하늘길 바다길 가깝다지만
나오는 길 끊긴 섬
그 섬으로 가는 길 연길
한때 활화산이었던 백두산이
다리 꼬고 앉아 내려다본다.

동행

지절대기가 개개비
개개비 같아서
룡정 단동 낮때 기차
나는 개개비 갈대집에 든 새벽이었던가
스물일곱은 지절대기 좋은 나이
앞옆으로 흔들리는 찻간에 맞춰 진화
목소리 자주 가파르다
모내기 끝낸 들은 마을을 가둔 채
올랑졸랑 어느 너른 물나라를 세우는데
통화 산다는 겨레 처녀 진화
창밖 내다본다
해란강 물길 내려다본다 진화는
어릴 적부터 원추리 꽃나물을 즐겼는지
딸꾹질도 높고 길다
통화는 압록강 너머 서쪽
고조선 적부터 백두산 천둥 소식을 섬겼던 곳
화룡 지나 진화 이층 침대로 오른다
노을이 먼 산발 위로 기엄기엄 타 번질 때

봇나무 숲에 든 듯 개개비
진화 잔다 스물일곱 진화는
통화까지 쪽잠을 데려갈 참인가
백두산 자락 들어서며 덜커덩덩
편자 간 듯 발굽 더 굳세진 기차
룡정 단동 788 기차는
앞으로 열일곱 시간
백산 통화 지나 무순 심양 건널 참인데
벌써부터 나를 개개비
통화 돌무덤 풀섶으로 던져 놓은 뒤
진화만 데리고
꿈길로 밤길로
달려간다.

양반다리

조양천 지나 팔가자 지나
앞자리 한족 중늙은이
웃으며 엄지를 세웠던 일은
내가 창밖으로 나철 서희 윤세복
대종교 어른들 두루마기 떠올리며 양반다리 앉았을 때부
터인데
열아홉 시간 기차로 머리를 박은 뒤
단동에 내려 하루 묵고 압록강 신의주 맞은쪽
길고 너른 슬픔을 밟고 달린 뒤
조선 풍물거리 한쪽 흑마늘까지 만들어 파는 장수삼계탕
한국어 직원우대 광고를 붙인 한족 가게에서
탁자에 앉아 닭뼈 바르는 내 족속을 그들은 모를 일이지만
신 벗고 방바닥에 올라앉은 사람은 여럿
아버지와 어머니 작은 방석의자 무릎 굽혀 앉았고
아내는 바닥에 앉아 발을 벋고
젊은 남자는 양반다리 의젓한 겨레였다
젊은 그이가 한족 아내 장인 장모 모시고 나온 날
아기는 이쁘장이쁘장 똘망거린다

또 한 집 내외에 딸 아이
두 사람 다 양반다리 느긋이 편하고
발을 벋어 딸만 괴롭다 아마
한족학교 다니며 딸은 괴롭게 배달말은 쓰지 않으리라
또 한 자리 젊은 한 짝 발 벋고 당기며 양반다리 시늉하며
한국산 삼계탕 한국식으로 먹어 보러 온 것인데
족속이 같든 다르든 한 그릇 비우며
그들과 나는 입동무
앉음새로 겨레인지 한족인지 그들 족속을 나는 알지만
그게 다 무어랴
삼계탕으로 땀을 닦으며 씻는 달림길
오늘 장수삼계탕에서
양반다리 양반이 되지 못한 나는
오래 끓인 삼계탕만큼 천천히 식는다.

용을 낚는 사람들

백두산 처음 일어선 뜻은
세상 네 모서리가 처진 까닭
옥황상제 그걸 들어 올리려 동쪽에는 백두산을 세웠다
는데
기상 높고 자태 예쁘고
아침 해 맨 먼저 떠오르는 곳
사방 오천 리 강토가 백두산 지맥으로 이루어지고
압록강 두만강 송화강 크작은 물골 모두 천지 땅 밑으로
잇닿았다는데
하늘 열린 뒤 하늘에 살게 된 선녀들
무지개다리 타고 천지 물에 오내리며 고와져
열두 봉우리 백두산 천지 용하단 소문 하늘나라에 퍼졌
는데
하늘나라 옥황상제 막내딸 천지물에 내려왔다
씩씩하고 슬기로운 백두산 총각에 마음 두고 혼인 살림
차렸는데
아들에 딸에 손녀 손자가
손손으로 이옹을 엮고 길을 닦아 두만강 압록강 송화강

또 두만강 기슭으로 번었다는데

룡드레
화룡
이룡산
용자가 많은 것은 논농사 벼농사 탓
개산툰도 천평 들
상천평 중천평 하천평
곳곳에 샘이 있으나
하천평 샘이 그 가운데 으뜸

심술 사나운 흑룡이 검은 구름 타고 동서로 번쩍 남북으
로 벌떡
불칼을 휘둘러 이저 골 물곬을 다 지져 막은 탓에
가물이 들어도 왕가물
마을 사람들 이 걱정 저 걱정 실타랜 듯 감고 있었는데
영험한 공주가 나타나 흑룡을 이기려면
백두산 옥장천 샘물 마셔야 힘을 얻을 거라 도움 주어

공주와 함께 우죽뿌죽 백두산에 오른 백 장사
옥장천 물을 사흘 마시고 힘이 백 배 천 배
마을로 돌아와 물곬 파는데
한 삽에 산이 하나 두 삽에 산이 둘
흙을 던질 때마다 우뚝우뚝
두만강 첫 동네 물줄기를 찾았단 소식
동해에서 용왕 딸과 희롱하던 흑룡이 듣고 부아가 나
부랴부랴 검은 구름 잡아 타고 돌아와 뛰어들자
백 장사 흰 구름 잡아 타고 판가리 싸움 벌였는데
공주까지 단검을 던져 흑룡을 괴롭히니
버틸 수 없어 흑룡은 동해로 달아나고
백 장사 파놓은 곳에서 송송
숭숭 달고 단 하천평 샘물
두만강 가 첫 마을 하천평 샘물
흑룡을 물리쳤던 백 장사
백 장사 아들 딸 살던 곳
아들 딸 손자 손녀가 살던 곳

아 그런 하늘과 땅 옛말 다 묻힌 채
지금은 하루 세 번 작은 버스가 오가고
국경경비대가 신분증 검사로 막는 길
사람은 먹는 일을 하늘로 삼느니
섬기는 하늘은 무엇이겠는가
남은 것은 기댈 데 없이 푸르먼먼 하늘 곳간

한때 호랑이 늑대 날치고 설치던 골
나무는 잘리고 숲은 짓밟혀
바가지 젖은 바가지 마른 바가지 없이
박박 긁어대도 먹을 게 나올 리 없는데
초가 지붕에 앉은 박덩이만 해라 해마다 자리 틀었고

깊으면 안개골이요
늪 가라 늪골
두만강 낀 개바닥에 앉았으니 개바닥
큰 소 먹이는 큰소골에다
송아지 기르는 작은소골

중국 사람처럼 구도 촌도 둔도 보도 따르지 않고
고향 이름을 옮겨 리요 둔이요 평*
해란강 따라 화룡 룡정이며
룡수평 룡포 룡연 와룡
뿌리든 가지든 어디나 꽂으면 사는
버들로 방천을 만들고 버드나무 사람으로 살자 했으나
가따나 한 해 농사 지어 놓아도
어느 집이나 외통 말라붙는 가난
허덕허덕 살림살이
밤나무 널판 신주에다 빌 것도 없어

두만강이라거니
콩이 잘돼 콩이 넘치는 강이라는 뜻인가
콩밖에 될 게 없는 땅이란 뜻인가
너머 넘어온 사람 얼마든가 두만강
먹을 게 없어 넘고
나라 빼앗겨 남 땅에 살 수 없어 넘고
먼저 넘어온 핏줄 만나러 넘고

넘다가 쓰러지고 넘다
넘다가 넘다
다 쓸려간 두만강.

* 구(勾), 촌(村), 둔(屯), 보(堡), 리(里), 동(洞), 평(坪)

섬

지구 바깥으로 가는 배를 기다린다
첫 배는 언제고
막배는 언젤까

달아씨 별아기
내 닿을 항구 주소다.

아침

압록강 흘러
용만에 발해만에 들고
압록강 너머 누가 살까
물가 풀밭으로 아침을 뜯는 누렁소 세 마리
한 채 두 채 사람 빈 집들
황금산 비단섬 떠벌이던 천리마 세상 어긋진 옛날이
저기서 멀지 않겠지만
나무칼 쥐고 추는 이 태극권 벋어 손발 노는 이
헤엄치는 이 그 가운데
빨래질 겨레 아주머니 방망이 소리
건너 빈집
안방 제비 떼
새끼 깨울라.

두만강 건너온 레닌

비오는 부르하퉁하 물안개 무거운데
너는 어디 머물다 이 거리 들어섰느냐
간밤 놀이터 떠들던 사람 다 돌아가고
젖은 기구들이 낡은 무저선 같다

이마에 붉은 등 자동차는
연길대교 위 지싯지싯 미끄러지는데
허물고 짓고 세우는 거리 어느 골목에서도
깃들 데 없어 발 오그리고 숨었더냐

너는 회령에서 왔고 정주에서 왔다
청진에서 안주에서 왔다
아이 품에 안겨 얼음짝처럼 건넜다 했느냐
허기를 쥔 채 추우면 울며 잤다 했느냐

화룡현 옛 길 걷고 도문 길 호습다는 차도 타면서
두고 온 어버이나라 강성대국 소식은 묻은 채
식구도 동무도 없이 두만강 건너 와

고요히 내 방에 이마 눕힌 책

400쪽 낡은 『레닌과 민족문제』 한 권
얼음 박힌 네 발가락을 움찔거리며
네 온 길 무엇을 증명하기 위해
엇구수한 겉표지가 머리로 걸은 듯 무겁다

이 여름 새벽 강가 아파트 십칠 층 혼자 일어나
네 어깨며 배를 쓰다듬으면
슬픔은 발톱 찢긴 열두 살 산돼지
토드락 토드락 앞가슴 차며 오는구나.

풀이

시로 쓴 연변실록
— 박태일 시집『연변 나그네 연길 안까이』에 부쳐

김관웅(문학평론가 · 전임 연변대학교 교수)

1. 들어가며

달포 전, 컴퓨터를 열어보니 박태일 교수의 편지와 시집 원고 파일이 전자우편함에 도착해 있었다. 보내온 시집에 대한 시평을 써줄 수 있느냐는 편지였다.

나는 무작정 시집 원고 파일을 열었다. 첫눈에 안겨오는 '연변 나그네 연길 안까이'라는 제목이 내 눈을 사로잡았다. 그리고 머리말에서 우리 백의겨레들이 살고 있는 연변을 "그리움과 슬픔이 호두알처럼 갇혀 뒹구는 땅"이라고 표현한 곳에서 적이 감동을 느끼기 시작해 파일을 다운하여 100수가 퍽 넘는 시집 전부를 깐깐히 읽노라니 가슴속에는 부지중 감동과 더불어 경탄까지 더 보태졌다.

백여 수의 시가 수록된 시집『연변 나그네 연길 안까이』는 거의 모두 시인이 북한 문학 관련 자료를 수집하려 연변에

다닌 20여 년 동안 보고 듣고 느낀 바를 진실하고도 감동적
으로 기록한 실록이었다. 적잖은 부분은 연변에서 태어나서
한평생을 살아온 내가 관찰하고 요해한 것보다 더욱 상세하
고도 진실했다. '숙시무도(熟視無睹)'라는 중국의 사자성어
처럼 나는 연변에서 태어나 칠십 평생을 살아왔지만 무관심
하고 또 무식해서 연변의 많은 것들을 못 본 것과 같았지만
박태일 시인의 눈에는 연변의 많은 것들이 그야말로 생동하
게 안겨왔고 따라서 진실하게 기록되었다. 이 시집을 보면서
나는 "아는 것만큼 보인다"라는 말의 진리성을 다시 한번 절
감하게 되었다.

이전에 나는 우리 연변시단 시인들의 시작들이나 시집들
에 대해 시평을 적잖게 썼으나 한국시인, 특히는 오랜 대학
교수이자 관록이 있는 시인의 시집을 언감생심 평한다는 것
은 내 분수에 넘치는 일임을 잘 알고 있다. 그래서 이 시집을
읽은 내 몇 가지 소감을 간단하게 적어 보려 한다.

2. 연변 지역의 역사유적지들을
둘러보고 쓴 기행시들

연변 지역은 동부여(東夫餘), 북옥저(北沃沮) 그리고 그 후
고구려 때의 책성부(柵城府) 영역이었고, 발해국(渤海國) 시

절에는 오경(五京) 중 삼경(三京), 곧 구국(舊國)·중경(中京)·동경(東京)이 지금의 연변에 있었고, 상경(上京)은 흑룡강성(黑龍江省) 녕안현(寧安縣)에 있었다. 박태일 시인은 이 중에서도 발해 역사가 한국사와 연결되어 있다고 생각해서인지 많은 관심을 가지고 일부러 그 역사유적지들을 답사하면서 보고 느낀 바를 시로 써냈다.

박태일 시인이 늘 오르내렸다는 연길시 인민공원 정상의 소돈대(小敦臺)는 발해 시절 봉화대 같은 군사시설이었을 수도 있지만 이보다 천 년 가까이 소급하여 고대 부족 북옥저(北沃沮)의 유물들이 다수 발견되기도 한 지점이기도 하다. 그런데 이 옥저(沃沮)는 여진어나 만주어에서 삼림을 뜻하는 와집(窩集)과 통하는 말이라고 하니 북옥저, 동옥저의 언어나 문화는 후세의 여진족이나 만주족이 많이 계승했다고 할 수 있다. 그리고 고구려 5부 중의 하나였던 책성부는 사실이 북옥저를 토대로 하여 이루어진 부족국가였으므로, 바로이 고구려 책성부 고토인 지금의 연변 지역에 있었던 발해는 고구려와 숙신(肅愼)·읍루(挹婁)·물길(勿吉)을 이은 말갈(靺鞨, 즉 만족. 여진족의 조상)의 연합국가였다는 점은 분명히 역사 진실에 부합되는 상 싶다. 물론 발해 남해부(南海府)는 고구려의 고토였던 지금의 한반도 동북면까지 벋어 있었다. 이런 의미에서 고려 말에 한반도 동북면에 웅거하고 있었던 이성계(李成桂)의 화령국(和寧國)과 이 화령국에 의한 고려의

265

통일이야말로 고구려, 발해의 역사를 복원하여 한반도의 통일을 이룩하려던 한민족의 염원을 다소나마 이루어냈다고 말할 수 있다.

「정혜공주와 거닐다」는 발해의 첫 도읍 구국(舊國, 지금 연변 돈화시에 있었음)의 발해 제3대 국왕 대흠무(大欽茂, ?~793)의 맏딸 정혜공주(貞惠公主) 묘소를 답사하고 쓴 기행시이다. 정혜공주를 포함한 발해사에 대한 보다 깊은 탐구를 위한 행차라기보다는 단지 궁금증 많은 시인의 호기심을 달래는 데 그 목적이 있은 상 싶다. 사실 이 정혜공주 무덤은 1949년 연변대학 역사학부의 사생들이 처음으로 발굴했는데, 돌비석 하나와 돌사자 두 마리도 그때 출토된 것이다. 필자도 호기심으로 정혜공주 무덤을 포함한 류정산(六頂山) 발해고분군을 몇 번 다녀오기는 했으나 별다른 감흥이 오지는 않았다. 신라 마지막 임금이었던 경순왕(敬順王) 김부(金傅)의 후손인 나는 발해와 나 사이의 핏줄이나 문화의 연결고리를 찾을 수 없었기 때문에 도무지 감정이입이 되지 않았다.

「저 낭기 내기요」에서는 시인이 화룡시 룡수향 룡두산에 있는 발해 정효공주 무덤을 답사하러 갔다가 우연히 만난 당지의 한족 사내와 나눈 대화를 시적 소재로 하고 있다. 정효공주는 돈화에 묻혀 있는 정혜공주의 동생으로서 전탑(磚塔) 아래의 규모 상당한 지하 묘실에 매장되어 있었는데, 여러 번 도굴을 당하고 나서도 벽화나 묘비 같은 유물들이 다수 발굴되었다. 우리 집에는 얼마 전까지만 해도 30여 년 전에 호사자들이 이 전탑에서 가져온 발해 시대의 커다란 검정색 벽돌 한 장이 보존되어 있었는데, 몇 년 전 장춘으로 부랴부랴 이사하면서 그만 챙겨오지 못하고 말았다.

「중경성 엉경퀴」는 박태일 시인이 발해국 두 번째 도읍이었던 중경(中京) 현덕부(顯德府)의 유적지인 화룡시 서고성(西古城)을 둘러보면서 역사의 뒤안길로 사라진 발해국을 그려본 회고시(懷古詩)이다. 이 시에 나오는 것처럼 "1922년부터 1945년까지 크작게 다섯 차례나 왜놈들 손을 탔다는 곳"은 이 서고성뿐만 아니라 전반 발해국의 도읍들이었다. 그도 그럴 것이 당시 발해국은 지척으로 땅이 서로 인접해 있었던 이웃나라 신라와는 척을 지고 살아왔지만 바다 건너 일본과는 가장 가까운 친선 관계를 거의 2백 년 동안이나 유지하여 오면서 뱃길로 서로 자주 오갔기 때문이었다. 지금 연변 훈춘시 삼가자만족자치향(三家子滿族自治鄉)에 있었던 발해의 동경룡원부(東京龍原府)는 바로 일본과 교류를 원활하게 하고자 발해국에서 한동안 도읍까지 바다와 가까운 고장으로 옮겨 이룬 곳이다.

역사는 피붙이 사이의 혈연관계이기도 하지만 아울러 정치적 역학 관계이기도 하다. 현실의 한반도 남북 관계와 한중 관계, 또는 한일 관계 등 동아시아에 일어나는 수많은 문

제들이 모두 역사적 과정 속에서 자연스럽게 파생된 것임을 발견하게 된다. 특히 이들 나라 사이에서 일어나는 역사 분쟁을 보면 지금 한국에서는 고구려나 발해의 역사를 한국사와 연결 지을 고리라고 관심을 기울여오고 있다. 다소 한국 독자들에게는 생소한 것일 수도 있지만 고구려가 나당(羅唐)연합군에 의해 멸망된 후 고구려가 지배했던 영역을 신라가 얼마만큼 회복시키는 움직임을 보였는지 관심을 갖고 따져 보아야 할 것이다. 그리고 고구려의 계승자라는 발해와 지금 한국의 전신이라고 할 수 있는 신라는 어떤 관계를 유지해 왔었는지도 잘 따져보아야 하고 또한 발해가 망한 뒤에 고려가 원 발해의 영역을 얼마만큼 회복시키는 움직임을 보였는지 관심을 갖고 관찰해 보아야 할 것이다. 고려가 고구려를 계승했다고 주장하는 고려시대 서희(徐熙, 942~998)의 말만 가지고 지금 한국이 고구려 영역에 대한 권리를 얼마만큼 인정받을 수 있을까도 스스로 자문해 보아야 할 것이다.

필자는 이 시집에서 발해국 유적지 답사를 소재로 한 기행시들에서 감정이입이 잘 되지 않은 것은 바로 오랜 옛날의 가야, 후일 신라의 땅에서 태어나서 자란 박태일 시인이 발해와 신라 사이에서 별로 긴밀한 역사나 정치적 접합점을 찾지 못한 데 그 근본적인 원인이 있다고 생각한다.

3. 겨레 항왜투사들에 대한 그리움과
추모의 정을 담고 있는 시들

한국 천안에 있는 광복기념관 첫 전시실에 들어서면 가장 이목을 끄는 것이 바로 봉오동전투, 청산리대첩 사판과 조형물들인데, 그 유적지들은 모두 연변 땅에 있다. 한국이 국권을 상실했던 실국기에 연변 땅은 한국 광복 항쟁과 광복 무장투쟁의 성지였고 아성이었다. 그래서 지금으로부터 90여 년 전 한반도에는 "흘레브를 먹으려면 러시아 연해주로 가고 독립운동을 하려면 북간도로 가라"라는 말이 유행했다고 한다. 바로 이런 까닭에 박태일 시인은 머리말에서 연변을 "그리움과 슬픔이 호두알처럼 갇혀 뒹구는 땅"이라고 표현했으며 아울러 많은 시편들을 통해 항왜 광복투사들의 숨결과 선혈이 스며 있는 성지와 전적지들을 찾아다니면서 이네들의 고매한 넋을 기리고 칭송했다.

주지하다시피 단군을 시조로 받들고 또한 단군이 백두산에 강림했다고 주장하는 대종교는 1914년 5월에는 백두산과 멀지 않은 화룡현 청파호(靑坡湖) 근방에 총본사를 이전하여 북간도를 중심으로 하는 만주를 무대로 교세 확장에 주력했다. 「돌솥밥」이란 시에서는 박태일 시인이 화룡 시장거리 음식점에서 식사를 하면서도 "대종교 삼종사 고드름같이 긴 슬픔이 누웠다"는 화룡 청파호 언덕의 대종교 삼종사(나철, 서

일, 김교헌) 묘소 그리고 대종교의 중요한 멤버였던 김좌진 장군이 지휘했던 청산리대첩을 머릿속에 떠올린다.

「손벌초」에서 박태일 시인은 한가위를 며칠 앞둔 어느 날 화룡시 청파호에 있는 대종교 삼종사 무덤을 찾아가 손벌초를 하다가 한 시간 뒤에 두 손에 몽땅 물집이 생기던 일을 회억하면서 청명이 되어도 가토하는 이도 없고 한가위가 되어도 벌초하는 이도 없이 외롭게 "무덤 빗돌 풀이판에도 대종교라는 말이 없이/그저 반왜지사 묘라 슬몃 적"은 데 대해 몹시 서운해한다.

「마반산을 달리다」에서 시인은 연길 동쪽에 있는 마반산을 차타고 달리다가도 시인 이육사(李陸史, 1904~1944)가 초인이라고 칭송했다는 경상북도 "구미 선산에서 태를 받아 태어난" 항왜 영웅 허형식(许亨植, 1909~1942)을 그리며, 여기에서 한술 더 떠 백의겨레 항왜지사들이 옥살이를 했던 연길 "하남시장 연길감옥 터"를 머릿속에 떠올린다. 여기서 한마디 더 짚고 넘어가야 할 것은 1940년 전후 주보중(周保中), 조상지(赵尚志), 이조린(李兆麟), 최용건(崔庸健), 김책(金策)을 포함한 만주국 전역의 항일련군이 거의 모두 소련 원동에 퇴각하여 피신했지만 오로지 허형식만은 자기 부대를 거느리고 북만에 남아 항왜무장투쟁을 제일 마지막까지 견지했다는 사실이다. 당시 허형식은 항일련군 제3로군 총참모장 겸 제3군 군장이었고, 1942년 왜군과 격전에서 목숨을 바칠 때 33살밖에 안 되었다.

「잠자리 날아 나온 곳」은 "1931년 신미해란강참변"을 소재로 하여 항왜지사들에 대한 왜로 주구 자위단의 잔인한 도살을 기록한 시이다. 이 시의 마지막 연에서는 1946년 10월 "해란강혈안청산대회"가 열렸다는 "연길 서광장은 어디쯤일까"를 물으면서 그 장소가 연길의 "소시장" 자릴까, "3일장 쪽일까"라고 자문했다. 그런데 그 "서광장"은 두 곳 다 아니다. 바로 지금 연길시 중심에 자리 잡고 있는 제1백화상점이 들어앉은 자리였다. 연변의 유명한 항왜투사 김학철(金學鐵, 1916~2001) 옹의 『해란강아 말하라』(1954년)도 바로 이 "신미해란강참안"을 소재로 한, 광복 이후 연변 조선족 문단에서 첫 장편소설이다. 연변 지역의 항왜렬사 총 3,301명 중 조선족 항왜렬사가 3,204명으로 연변 항왜렬사 총수의 96.8%를 차지한다. 이래서 중국의 혁명시인 하경지(何敬之, 1924~?)는 연변을 두루 둘러보고는 "산마다 진달래꽃 피고, 마을마다 열사비 솟아 있네(山山金达莱, 村村烈士碑)"라는 시구를 남기기도 했는데, 박태일 시인도 연변 도처에서 볼 수 있는 열사비들에 대한 인상을 자기의 시들에서 적잖게 보여주었다.

「연길역」에서 박태일 시인은 이른 새벽 안도로 가려고 연길 시외버스정류소에 나갔다가 백산 – 통화행 버스를 보고는 몽강현(濛江縣, 지금의 靖宇縣)에서 순국한 토왜명장 양정

우(杨靖宇, 1905~1940) 장군을 연상하고, 목단강 - 가목사행 버스를 보고는 학강현(鶴崗縣, 지금의 鶴崗市)에서 순국한 토왜명장 조상지(赵尚志, 1908~1942) 장군을 연상한다. 이 중에서 왜로는 조상지의 머리를 베어서 북만 가목사(佳木斯) 길거리 전선주에 걸어 효수(梟首)를 하고 시신은 송화강에 처넣어버린다. 이 시의 마지막 부분에서 시인은 왜놈에게 아첨하면서 효수된 조상지의 "그 머리를 꾸짖고 놀리는 잔혹비정한 시를 써서 바쳤던/푸른 말대가리가 누구였던가"라고 하면서 청마 류치환(柳致環, 1908~1967)의 그 문제 시「수(首)」를 꾸짖었다. 필자는 8년 전「위만주국 콘텍스트와 류치환의 친일시「수(首)」」*라는 글에서 류치환의 동제(同題)시에서 나오는 "적은 가성(街城)의 네거리에 효수되어 있는 비적의 머리 두 개"는 바로 토왜명장 조상지와 그의 부하의 머리임을 각종 문헌 증거들을 동원해 증명한 바 있다. 당시 북만 하르빈에서 협화회(協和會)** 직원으로 근무했던 류치환이 설사 토왜명장 조상지를 포획하는 작전에 참가하지 않았다고 하더라도 조상지를 사살하여 그 머리를 가목사(佳木斯) 거리에 효수했다는 소식 같은 것은 제일 먼저 입수했을 가

* 김관웅, 『세계문학의 거울에 비춰본 중국조선족문학』(1), 연변인민출판사, 2014, 223~248쪽.
** 괴뢰 만주국의 배후 실권자인 왜로 관동군의 구상과 지도에 의해 만들어진 부왜 조직체

능성이 아주 많기 때문이다.

4. 연변 조선족 이민사를 소재로 한 시편들

연변 조선족 이민사의 첫 단계는 19세기 60년대로부터 20세기 30년대 초반까지였는데, 그 주축은 두만강 유역 육진(六鎭)을 비롯한 한반도 동북면의 함경북도, 함경남도의 가난한 농민들이었다. 그러다가 9·18사변 이후, 특히는 1937년 7·7사변 이후 왜로는 만주를 중국 관내 침략의 병참기지로 만들려고 일본과 한반도로부터 대량의 "개척민(开拓民)"을 끌어들였는데, 이 시기에 연변에 들어온 조선 "개척민"의 주축은 경상도, 전라도, 충청도 등 한반도 남녘땅의 이민들이었다. 박태일 시 「깽그랑 깽깽 문 여소」의 첫머리에서 말한 것처럼 "말이 좋아 개척이지/항왜 반만 광복군 기세 싹그리 지우기 위해/처올린 이른바 개척민 마을"들이었다.

「깽그랑 깽깽 문 여소」는 박태일 시인의 고향인 경상남도 합천, 밀양 이민들로 이루어진 경상남도의 농민 100가구가 1938년 3월 25일 고향을 떠나 산 설고 물 설은 백두산 아래 안도현 장흥 신촌에서 "개척민" 살이를 시작하여 한중수교 이후 한국바람으로 개척민 마을로부터 발족된 이 신촌이 공동화(空洞化)되어 가고 있는 현실에 이르기까지 백 년에 가까운 역사를 엮어낸 소형 서사시이다. 특히 부언하고 싶은 것은 이 시에 소개된 연변 안도현(安图縣) 장흥향(长兴鄉) 신촌(新村) 남도 농민들의 농악놀이나 농악놀이를 할 때 불렀던 남도 민요들은 연변 조선족 민간문예의 내원을 밝히는데 아주 중요한 단서를 제공해 주고 있다.

「살아 가도 죽어 가도」의 시적 화자는 안도현에 왔던 한국 경남 합천 "개척민"의 손녀이다. 그녀는 "살아 가도 죽어 가도/아버지 어머니 못 만나도/그 넓다는 황강 물에 보름달 떠워보고 싶고", "살아 가도 죽어 가도 인연 없을/웃대 고향이지만/그 물빛 그 산천 한번 울며 섬기고 접네"라고 읊조리고 있다. 여기서 "황강 물"은 바로 한국 경남 합천군을 관류하고 있는 그 황강이다. 물론 이민 1세들보다는 사향의 밀도가 훨씬 성기고 강도가 훨씬 약하기는 하지만 조상의 땅에 대한 이민 2세나 3세들의 호기심은 그리 약하지만은 않다.

「내가 지은 옥수수는 고개 치벋고」의 시적 화자는 한국 경남 밀양군에서 아기 때 안도현 장흥향 신촌에 부모의 등에 업혀 들어온 개척민 1.5세인 한 조선족 늙은이로서 자기가 중국에서 한생을 살아온 이야기를 한다. 그는 먼저 합천, 밀양 개척민들 사이에서 서로 아들, 딸을 바꾸어 장가 시집 보내는 특이한 혼인풍습을 소개하고 나서 자기가 광복 이후 보고 듣고 겪었던 왜군과 소련군의 격전, 수많은 목숨을 빼앗아 갔던 전염병 장질부사 그리고 조선전쟁, 지난 세기

60년대 초반의 대기근과 조선바람, 한중수교 이후에 불어친 한국바람에 대해 이야기한다. 그는, 자기는 부모들을 이 중국 땅에 묻었지만 "우리는 이제 묘 안 써/날리뻬야지"라고 한다. 이 시적 화자의 말처럼 지금 연변 조선족들은 대부분 토장을 하지 않고 화장을 하여 몇 줌의 뼛가루를 골회함(骨灰盒)에 담아 납골당에 잠시 보관하든지 아니면 후손들이 성가시다고 숫제 산야에 "날려버린다". 이 시의 화자가 "날리뻬야지"라고 말한 것처럼 불원간 중국의 조선족은 아마도 종적도 없이 사라지고 말지 누구도 모르는 일이다.

박태일 시인의 연변 조선족 이민사를 소재로 한 시들을 보노라니 내 머릿속에는 부지중 『장자·외물(莊子·外物)』에 나오는 '학철부어(涸轍鮒魚)'라는 우화가 떠오른다. 왜구가 살판 치던 피식민시대란 장마가 끝났으나 왜구의 만주침략이라는 이 수레바퀴 자국을 따라 만주에 들어왔던 한반도 남녘땅의 "개척민"들은 마치도 수레바퀴 자국에 괸 물에 갇힌 붕어처럼 더는 자기가 살았던 큰물인 한반도로 돌아갈 수 없게 되었다. 한반도 남녘땅의 "개척민"들뿐만 아니라, 1945년 8·15광복 직전 200만 명을 훨씬 넘겼던 동북의 백의겨레들은 100만 명 정도만 고향으로 돌아가고 절반 이상은 만주 땅에 그냥 눌러앉았다. 이를테면 1935년, 살길을 찾아 만주에 들어온 평양 출신인 필자의 가친께서는 한평생 "병아리도 피양피양한다"는 고향 평양을 그토록 그리워하셨지만 끝내 고향에 돌아가시지 못하고 박태일 시인의 이 시집 「보시 염소」에서 잠깐 거론했던 연길시 동북쪽에 있는 청다관(淸茶館) 등성이에 누워 계신 지도 이미 10년 세월이 흘렀다.

5. 조선바람과 한국바람을 소재로 한 시들

　과계민족(跨界民族, Cross-nation)인 중국 조선족은 모국과 긴밀한 연관성을 갖고 중국에서 백 년 남짓이 살아왔다. 물론 시대적 상황의 부단한 변화로 중국 조선족과 모국 사이의 관계 역시 부단한 변화를 겪어 왔다. 이를테면 왜로 패망 이후 거의 반세기에 달하는 냉전 시기에 중국 조선족은 본의 아니게 6·25에 참여하여 동족상잔의 비극에 휘말려 들기도 했다. 박태일의 「내가 지은 옥수수는 고개 치벋고」는 조선족 출신의 시적 자아를 내세워 중국인민해방군 내의 조선인 부대가 한반도에 돌아가 조선인민군에 편입되어 6·25 때 남침 기습작전에 참가한 상황을 다음과 같이 서술했다.

　　형은 항미전쟁 가고 1953년 칠월에 중국에 와서 치료하다
　사망
　　자식이 셋이면 둘째부터 무조건 전쟁에 나가야 하는데

열아홉 살에 동북전쟁부터 형이 나가고

조선까지 해방시키러 갔다

1949년도 중화인민공화국 섰는데

시월인가 살아 있는 조선 군인들 모두 조선인민군으로 편입
시켰지

1950년 6월 25일에 조선전쟁이 터지고

전쟁이 터지기도 앞서 벌써 조선에 다 나가 매복해 있었어

산에 딱 붙어 있다 6월 25일 되자 공포되자 부산까지 내밀
었지

중국에도 포탄이 떨어지자 항미원조 내세우며

세 갈래로 디밀어서 휴전선까지

두 개 나라가 열여섯 개 나라를 싸워 이겨서

다 못 먹고 휴전선 안 끊었나

1949년 5월, 중국 국공내전의 전세에 고무를 받은 김일
성은 김일(金一, 1912~1984)을 북평(北平, 지금의 중국 북경)
에 파견하여 임표(林彪) 부대에 있었던 동북조선인 관병들
을 조선에 돌려 달라고 요구했다. 모택동은 김일과 회담한
뒤 심양과 장춘에 있는 두 개 동북조선인 사단이 먼저 조선
에 돌아가도록 지시했다. 이 두 조선인 사단은 바로 이덕산
(李德山)이 사단장인 164사단(당시 장춘에 주둔하고 있었음)과
방호산(方虎山)이 사단장인 166사단(당시 심양에 주둔하고 있

었음)이었다. 그 이듬해 봄에는 중국 강서성(江西省) 남창(南昌) 일대까지 진격해 나갔던 전우(全宇)가 사단장인 158사단도 조선으로 나갔고, 이밖에도 중국인민해방군 제4야전군에 배속되어 있었던 동북조선인 관병 14,000여 명도 조선인민군으로 개편되었다.* 1949년 연말부터 1950년 4월까지 제4야전군 내의 약 5만 명 내지 7만 명의 동북조선인 장병들이 조선인민군에 편입되었다. 그러므로 "전쟁이 터지기도 앞서 벌써 조선에 다 나가 매복해 있었어/산에 딱 붙어 있다 6월 25일 되자 부산까지 내밀었지"라는 말은 역사 사실에 완전히 부합된다. 1950년 9월 15일 맥아더가 지휘한 인천상륙작전 전후 낙동강까지 밀고 나갔던 중국 조선인 부대들이 미군 B29의 융단폭격에 얼마나 죽고, 상하고, 포로로 잡혔는지 그 구체적 숫자는 아무도 모른다. 물론 필자의 외삼촌처럼 중국에서 비밀리에 조선에 나가 조선인민군에 편입되었다가 6·25 때 낙동강까지 밀고 나갔다가 미군의 인천상륙 이후에는 태백산을 타고 후퇴하여 목숨을 보전한 분들도 더러 있기는 하다. 그리고 6·25 당시 한국군 해병대 중대장이었던 필자의 삼촌은 강원도 양구 전선에서 조선인민군과 진지전을 벌이다가 조선인민군 저격수의 흉탄을 맞고 전사하여 지금은 서울 동작동 국립묘지 제17호 묘역에 묻혀 있다.

* 沈志華, 『冷戰在亞洲』, 九州出版社, 2020, 211쪽.

박태일의 이 시집에서는 비록 이런 동족상잔의 비극을 정면으로 묘사하지는 않았으나 중국 조선족의 입을 빌려 간접적으로 보여 주었다.

박태일의 「내가 지은 옥수수는 고개 치벋고」에서는 또 1960년 초반 연변 내지 전반 중국 조선족 사회에서 세차게 불어쳤던 이른바 '조선바람'을 다음과 같이 서술했다.

농사 짓다 1957년도 백산 임장에서 일곱 해 있다
합천 사람 밑에서 일하다 북조선이나 구경 가자
두만강 건너가 한 구월까지 있다 왔지
북조선에서는 통행증 없이 건너갔다 왔다 그랬는데
변강 부대도 놓아 주고 1960년대 갔다가 돌아올 때
북조선으로 가는 사람 많아서 한국보다 더 좋고 최고였던
때라
주은래가 소련 애들 빚 갚는다고 어려울 때
여기서 사람 막 죽어 나가고 할 때
건너가고 할 때 물이 져 어지간해도 물살에 감겨
삼합에서는 두 백 미터 넘는 길로 건너갔다 얼마나 죽었노

1950년대 말 모택동의 좌경노선으로 인해 빚어진 '대약진', '인민공사' 등 활동으로 말미암아 1960년대 초반 중국에는 수천만 명이 아사하는 일대 참사가 벌어졌을 무렵에

중국 조선족 동포들이 살길을 찾아 두만강, 압록강을 건너 조선으로 건너가는 이른바 '조선바람'이 세차게 불어쳤다. 그때만 해도 조선은 확실히 "한국보다 더 좋고 최고였던 때"였는데, 확실한 숫자는 알 수 없지만 대략 10만 좌우의 중국 조선족이 이 '조선바람'을 타고 목숨을 살리려고 조선에 나갔다. 하지만 미구하여 중국이 원기를 회복하면서 조선에 나갔던 이들이 육속 중국으로 귀환했다.

지난 세기 60, 70년대 동북의 조선족들은 배고픔을 달래기 위해서도 조선에 나갔다. 조선은 또한 조선족 지성인들이 정치적 타격을 피하기 위한 망명지로도 이용되었고, 대학 공부를 위한 배움의 나라나 사랑의 도피지로도 중국 조선족 일부 젊은이들에게 각광을 받았으며, 장삿속이 튼 보따리 장사꾼들한테도 환영을 받았다. 왜냐하면 지난 세기 70년대 심지어 80년대 초반만 해도 조선에는 그래도 사고 바꾸고 할 만한 물건들이 꽤나 있었으니 말이다.

그러나 1988년 서울에서 올림픽이 개최된 이후 중국 조선족 사회에서 풍향은 바뀌었다. 말하자면 조선바람은 완전히 사라지고 대신 '한국바람'이 일기 시작했다. 특히 2002년 8월 한중수교 이후 한국바람은 3, 4급의 미풍이 아니라 8, 9급의 강풍 심지어는 10급 넘는 초강풍으로 변했고 새 천 년을 넘어서는, 점차 중국 조선족 농촌공동체란 이 나무의 뿌리마저 송두리째 뽑아버린 태풍으로 번져 오늘날에 이르렀다.

「점등」에서는 한국 "수원 평택으로 아들 며느리 떠나고" 그 뒤 시장에서 기러기 알 장사를 하면서도 아들, 며느리가 맡기고 간 손자, 손녀들을 양육하면서 어렵게 살아가는 기러기 같은 노부부의 삶을 스케치했다. 이처럼 한국에 나간 연변 조선족들은 대부분 아이들을 늙은 부모나 친척들에게 맡겼다. 하여 한때 연변 조선족 사회에서는 늙은 부모나 친척들에게 맡기고 간 소년, 소녀들의 일탈이 중요한 사회문제로 비화되기까지 했다. 부모와 오랫동안 헤어져 살면서 생긴 이런 소년, 소녀들의 심리적 상처는 치유되지 않은 채 한평생 영향을 미치고 있다.

「팔도에서」는 시인이 서울에 간 팔도향 시골 출신의 사내, 그의 손자와 잠간 만나서 나눈 대화를 소재로 했다. 사내는 자기 손자를 가리키면서 "한국에서 두 해 크는 사이 중국말을 잃었다"고 하면서 "대격변도 이런 대격변이 없다고/이제는 돌아온 연길이 낯설다"고 개탄한다. 이처럼 한국에 돈 벌러 나간 70만 명을 웃도는 중국 조선족은 한국에서만이 아니라 중국에서마저도 자기가 살아갈 수 있는 발판을 잃어가면서 점점 이방인으로 변해가고 있다. 중국 조선족 총인구가 190만 명이 채 안 되는 점을 감안한다면 70만 명을 웃도는 이 숫자는 그야말로 엄청난 숫자이다. 그래서 한국바람이 연변을 비롯한 전반 중국 조선족 사회의 뿌리마저 송두리째 뽑아 버렸다고 해도 과언이 아니다.

「굴뚝은 이긴다」에서 시인은 예리한 관찰력으로 단지 저녁 무렵 연기가 피어오르지 않는다는 이 조선족 시골마을의 세부 하나만 보고서도 연변 조선족 농촌 마을들이 각일각 사라져가고 있는 비극적 상황을 감지한다. 연길시 동쪽 장백향 화룡촌 마을 언덕의 천년노송은 여전히 생명력으로 차넘치지만 연변 조선족 농촌사회는 백 년 남짓한 세월이 지나니 그만 앙상한 고목처럼 죽어가고 있음을 보여 주었다.

「저 낭기 내기요」는 시인이 화룡시 용두산(龍頭山)에 있는 발해 정효공주 묘소 답사를 떠났다가 만난 당지 한족 사내와 주고받은 대화를 소재로 한 시이다. 이 한족 사내는 한국바람으로 한산한 동네를 가리키면서 "몇이 없소 다 한국 갔소"라고 말한다. 이 시는 이 한마디를 통해 한중수교 이후 한국바람으로 인해 나타난 연변 조선족 농촌사회의 공동화(空洞化)현상을 보여 주었다. 문제의 심각성은 용두산 언저리의 한 동네에 그치는 것이 아니라, 전반 연변 조선족 농촌 마을들이 모두 이렇게 전부 빈껍데기만 남았다는 점이다. 박태일 시인이 연변을 자주 드나들었던 2015년 이후 한국에만 70만 명 이상의 청장년들이 돈 벌러 나가고 연변에 남은 것은 늙은이와 철부지 애들뿐이었다. 한국바람에서 중국 조선족에게 적잖은 것을 얻었지만 동시에 많은 것을 잃었다. 한국바람에서 중국 조선족의 득과 실을 필자는 '산돼지를 잡으러 갔다가 집돼지를 잃었다'라는 속담으로 표현한 바 있다. 왜냐하면 한국바람을 타고 돈도 벌고 민족의 동질성을 다시 확인하게 하는 면에서 얻음이 있기는 했지만, 중국 조선족 문화의 기반이었던 조선족 농촌공동체를 잃었으니 말이다. 그래서 필자는 이를 두고 '깨알을 줍다가 수박을 잃었다(捡了芝麻, 丢了西瓜)'라는 중국 속담으로 표현하기도 한다. 그야말로 세상만사는 새옹지마다.

「사드를 위하여」에서 시적 화자는 "서울 텔레비전 가마"의 취체와 인터넷을 이용한 한국 텔레비전 시청의 새로운 방식을 소개하면서 중국과 한국 사이에서 특이한 방식으로 자신들의 정신생활을 영위하고 있는 연변 조선족들의 특이한 삶을 그려냈다. 그것이 바로 연변 조선족들에게 있어서 없어서는 안 되는, 한국 텔레비전 방송을 시청할 수 있는 이른바 "서울 텔레비전 가마"라는 위성 안테나이다. 한중수교 이후 연변 조선족 주민의 거의 대부분이 "서울 텔레비전 가마"로 한국 텔레비전을 보면서 살아왔다. 그런데 "사드 탓에 사단이 난 걸까/서울 텔레비전 가마가 끊겼다/몰래 보다 들키면 오천 원 벌금/살다 보면 뜻밖에 일이 잦지만 조심해도 생길 일은 생긴다." 그러다가 하루는 수산시장에 나갔다가 "가마 없이 가마를 뺏기지 않고/와이파이만으로 한국 생방송을 본다는 광고"를 하고 있는, "한국인터넷생방송 조선족 수리"라는 명함장을 받는다. 이 점에 대해 이 시는 진실하게 기록했다. 필자도 장춘에서 약 1년 전에 발코니에 놓았던 "서울 텔레비전 가마"를 몰수당하고 지금은 한 달에 30원(한화 6,000원 정도)씩 입금하고 한국 텔레비전을 와이파이로 시청하고 있다. 한국 대선 계절이 돌아오면 유권자도 아니면서 한국 대통령선거를 마치 한국 유권자인 것마냥 내가 지지하는 후보를 정해놓고는 매일 뉴스를 놓치지 않고 시청하여 온 내심정을 나로서도 도무지 이해할 수 없다. 외부의 상황이 어떻게 변해도 중국 조선족과 모국 사이의 정신적 유대는 결코 쉽사리 끊어지지 않는다.

중국 조선족들 중에는 아마 필자 같은 마음을 갖고 있는 이들이 적지 않을 것이다.

6. 나가면서

2,500여 년 전 공자는 『논어(論語)』에서 '흥(興)', '관(觀)', '군(群)', '원(怨)'이라는 네 글자로 시의 기능과 역할을 귀납한 바 있다. 필자는 이 넷 중에서 박태일의 시집 『연변 나그네 연길 안까이』는 '관(觀)'의 기능과 역할을 아주 충실하게 이행했다고 생각한다. 즉 이 시집은 연변 조선족 사회의 인간 만상을 세심하게 관찰하여 그네들의 마음을 아주 근사하게 요해하였고 또한 이 토대 위에서 연변 조선족 사회의 역사와 현실의 실상을 아주 진실하게 기록한, 시로 쓴 '연변실

록'이라고 평가하고 싶다.

필자는 시에는 공자가 지적한 이상의 네 가지 기능과 역할 이외에 한 글자를 더 보충해야 한다 생각한다. 그 글자는 바로 '존(存)'이다. 말하자면, 문학에는 기록을 통한 문화보존의 기능과 역할이 있다. 필자는 박태일의 시집『연변 나그네 연길 안까이』가 바로 이런 '존(存)'의 기능과 역할을 갖고 있으며 후세에까지 보존될 충분한 가치를 갖고 있다고 생각한다.

이 시집의 제목처럼 연변 조선족 남정네들만 '나그네'인 것이 아니라 이 세계에서 살아가는 사람들은 모두 나그네-과객(過客)에 불과하다. 먼 후일 세월이 흘러서 연변 조선족, 나아가서 중국 조선족이 세인들 기억의 뒤안길로 사라지더라도 이 시집이 연변 조선족 문화가 중국 땅에서 존재했던 시절을 증명하는 귀중할 자료로 활용될 수도 있으리라고 믿어 마지 않는다.

2022년 9월 13일 중국 장춘에서

연변 시집을 펴내며

처음 연변 땅을 밟은 때는 1991년 8월이었다. 2월에 박사 학위를 끝낸 뒤였다. 중국과 수교가 이루어지지 않은 무렵이다. 홍콩을 거쳐 북경, 심양을 돌아 연길에 들어서는 걸음길을 탔다. 일터 교수가 연변대학교에서 열리는 남북한 국제학술대회 참가를 권했다. 마다할 일이 아니었다. 사학과, 철학과, 사회학과에 사범대 국교과까지, 일터 인문사회계 젊은 여러 교수와 한 무리를 이루어 떠난 중국 걸음은 그렇게 이루어졌다. 학위를 마친 개운함을 즐기고 싶은 마음도 있었으리라. 심양에서 연길로 들어서는 비행기가 너무 낡아 놀랐다.

그때 일행과 떨어져 처음으로 룡정 윤동주, 송몽규 무덤을 둘러보았다. 질척거리는 이도백하 거리를 거쳐 백두산 천지에도 올랐다. 백두산 아래 동리들이 아직 화려한 관광지로 자리를 잡기 앞선 때였다. 뚜렷하게 남은 기억 가운데 둘. 밤 늦은 시각, 연길 삼꽃거리 쪽 어느 골목 술집에서 먹었던 말 통조림. 아직도 귀밑머리 파란 처녀 둘이 시중을 드는 자리

였다. 그 막막함과 애잔함. 그때 같이 자리를 지켰던 사학과
모 교수는 언제 그런 사교춤을 배웠는지. 나는 술시중 장면
이 시려 가게 밖에 나가 한참 서 있었다. 가끔 차들이 바삐
오갔다.

다른 한 장면은 저물녘 헌책방. 소시장 쪽에서 서시장으
로 가는 길이었을 것이다. 가게 안으로 온통 폐지처럼 책더
미를 쌓아 놓고 파는 게 아닌가. 나는 시장 도는 일은 접고
책더미로 기어 올라가 흩어진 책을 뒤적였다. 연변에서 썼던
배달말 교과서 몇 권을 그 속에서 건졌다. 북한 문학 연구가
유행처럼 번지던 시기다. 많은 이가 논문을 내고 책을 폈다.
재능도 재간도 좋은 사람들이었다. 언젠가 나도 그 안으로
들어설 날이 오리라 먼 짐작을 했을 따름이다. 첫 연변 걸음
은 세 번째 시집 『약쑥 개쑥』(1995)의 「연변 기행」 4편으로
남았다.

그리고 한참 동안 내게 연변과 북한 문학은 멀리 떨어져
있는 등대와 같았다. 2000년대로 올라서면서 밟아 나가고
있었던 지역문학연구의 눈길은 자꾸 넓어졌다. 지역 월북 작
가의 재북 시기 활동까지 다루지 않을 수 없었다. 북한 문학
을 향한 본격 공부가 자연스레 과제로 들어서게 된 셈이다.
북한 쪽 1차 문헌을 쉽게 살필 수 있는 곳은 일본 쪽보다 중
국 쪽 겨레사회였다. 북한 문학으로 들어서기 위한 문지방
으로 재중 겨레사회는 내게 조금씩 열리기 시작했다. 북한

문학뿐 아니라 재중겨레 문헌도 한 권 한 권 두께를 더하기 시작했다.

그럼에도 공부 결과물을 내놓을 단계는 아니었다. 1차 문헌 확보에만도 힘이 부치는 세월이었다. 백두산 관광 여행 무리에 얹혀 가서는 나만 연길에 남아 책방을 뒤적거리기도 했다. 그렇게 2000년대를 거치고 2010년부터 나는 더 계획적으로 연길을 드나들었다. 그러다 2015년에는 한 해 동안 연길에서 눌러앉을 길이 생겼다. 연구년이다. 일찌감치 두 번째 연구년을 연길에서 보내기로 작정하고 있었던 터다. 2006년 첫 연구년을 몽골에서 보내고자 했을 때부터 마음에 둔 일. 두 번째 연구년 목표는 뚜렷했다. 연길에 자리를 틀고 앉아 북한 문학 관련 사료를 나름대로 최대한 갈무리한다. 그리고 연변 시집 초고를 마련하리라는 다짐.

처음 몇 달 동안은 연변대학교 도서관을 비롯해, 연변 자치주 재중겨레 도서관과 헌책방을 돌아다니는 게 일이었다. 손수 집 창고나 안방에 갈무리해 둔 책까지 볼 수 있을 정도로 헌책방 주인과도 교분을 텄다. 자료가 쌓이기 시작했다. 발송비가 책값보다 더 드는 고충을 참아야만 했다. 인천항까지 갔던 팔백 권에 가까운 자료가 압류당하는 낭패를 겪기도 했다. 연구년을 마친 2016년부터는 여름, 겨울 방학 때마다 연길을 오가는 생활을 거듭했다. 짧게는 일주일, 길게는 한 달 이상 머무는 걸음이었다. 그에 맞추어 북한 문학 관련 공부 성과를 거듭 발표했다.

몇 편을 젖혀 두면, 이번 시집에 실린 작품은 2015년부터 본격적으로 이루어졌던 연길 걸음의 결과물이다. 거의 연변 안쪽을 내 식으로 오고간 경험을 담았다. 100편으로 묶으리라는 처음 생각을 그대로 따랐다. 거기다 앞서 『옥비의 달』(2014)에 실은 시 「두만강 건너온 레닌」까지 더해 101편이다.

연길에 머물면서 여느 사람처럼 가벼운 여행을 즐길 입장은 아니었다. 그런 가운데서도 이저곳을 둘러볼 기회는 놓치지 않으려 했다. 연길시 안쪽은 물론 룡정, 화룡, 왕청, 도문에서부터 안도, 돈화, 훈춘에 걸친 여덟 고을. 제목으로 삼은 '나그네'와 '안까이'는 남편과 아내를 일컫는, 함경도와 연변 재중겨레 지역어다. 처음 그 말을 듣고 얼마나 재미를 느꼈던지. 아하, 남편이 나그네라니.

출판을 계획한 처음에는 버릇처럼 시집 뒤에 붙이는 풀이를 따로 마련하지 않으리라 작정했다. 무엇보다 작품에 실린 땅이름부터 어느 정도 익은 비평가가 오늘날 나라 안에서는 없으리라 생각한 까닭이다. 그러다 마음이 바뀌었다. 재중겨레 문학사회의 대표 비평가인 전임 연변대학교 김관웅 교수라면 풀이가 가능하지 않을까. 필요하다면 개인의 손익을 따지지 않고 시시비비를 가리려 한 그이의 비평 작업을 멀찍이서 귀하게 여기며 읽어오고 있었던 나다. 직접 만남은 짧은 두 차례뿐인 사이. 그럼에도 기꺼이 풀이를 맡아

주셨다. 새삼스러운 고마움을 적는다.

이 시집이 어떤 뜻을 지닐 수 있을까. 19세기 후반부터 20세기 중반까지 나라를 떠나 압록강으로 두만강으로 거듭 넘어섰던 재중겨레와 그들이 겪은 짐작하기조차 어려운 고투와 비통에 오늘날 우리 사회는 많은 빚을 지고 있다. 잊지 말아야 할 사실이다. 다만 나로서는 그나마 잘할 수 있을 듯한 시를 빌려 그 심회의 한 자락을 펼쳤을 따름이다. 비록 그 땅의 주인으로는 살지 못한다 하더라도 어찌 땅에 깃든 추억마저 빼앗길 것인가. 연변을 고향으로 둔 이들의 추억에 공감하고 부름켜를 더하는 일에 내 시가 작은 이바지가 되기 바란다.

마지막 내 연길 걸음은 2019년 겨울이었다. 이듬해 2020년 1월 설을 앞두고 들렀다 나온 뒤로 다시 연길에 가지 못했다. 며칠만 출국이 늦었더라면 중국 폐렴 탓에 발이 묶일 뻔했다. 그 뒤로 어느덧 네 해가 흘렀다. 마음의 풍향계는 만주 쪽을 향해 있지만 언제 다시 연길을 밟을 수 있을지 기약하기 어렵다. 자주 먹었던 수상시장 련화댁 새벽 장국밥이 그립다. 헌책방 정 씨 형제. 연변대학교 김옥선, 안예금, 조학선 세 분에게는 각별한 고마움을 적는다. 내 연길 체류의 나날을 아기자기 가꾸어 준 분들이다. 그리고 스치듯 만나 한결같은 친절을 베풀고 연변의 속살을 내게 보여 준 많은 재중겨레.

여느 관광객의 여행시와 다른, 연변 장소시를 내가 쓸 수 있도록 이끈 힘과 일깨움은 그분들로부터 말미암았다. 이 시집을 그분들에게 바친다. 아울러 내 60대의 아침저녁으로 즐거운 달리기를 허락해 준 연길 부르하통하 물길에도 고마운 악수를 건넨다. 정년을 하면 번잡한 연길이 아니라 화룡, 안도 어느 가장자리에 묵을 데를 마련해 오가고 싶다 웃었던 옛날도 흘러갔다. 고유이름씨를 적을 때에는 두음법칙이라며 첫소리의 아름다움을 죽이는 우리 쪽보다 그것을 살린 연변, 북한 쪽 표기를 따랐다. '용정'을 '룡정'으로 적는 것과 같은 본보기다.

2023년 가을
박태일

박태일

1954년 경남 합천군 율곡면 문림리 태생. 부산대학교 국어국문학과에서 학사, 석사, 박사 과정을 마쳤다. 1980년 〈중앙일보〉 신춘문예 시부문에 「미성년의 강」이 당선하여 문학사회에 나섰고, 『열린시』 동인. 시집으로 『그리운 주막』, 『가을 악견산』, 『약쑥 개쑥』, 『풀나라』, 『달래는 몽골 말로 바다』, 『옥비의 달』을, 연구·비평서로 『한국 근대시의 공간과 장소』, 『한국 근대문학의 실증과 방법』, 『한국 지역문학의 논리』, 『경남·부산 지역문학 연구 1』, 『마산 근대문학의 탄생』, 『유치환과 이원수의 부왜문학』, 『시의 조건, 시인의 조건』, 『지역문학 비평의 이상과 현실』, 『경남·부산 지역문학 연구 4』, 『한국 지역문학 연구』를, 산문집으로 『몽골에서 보낸 네 철』, 『시는 달린다』, 『새벽빛에 서다』, 『지역 인문학: 경남·부산 따져 읽기』를 냈다. 그 밖에 『두류산에서 낙동강에서: 가려뽑은 경남·부산의 시 1』, 『크리스마스 시집』, 『동화시집』, 『소년소설육인집』, 『무궁화: 근포 조순규 시조 전집』 들을 엮었으며, 김달진문학상·부산시인협회상·이주홍문학상·최계락문학상·편운문학상·시와시학상을 받았다. 2020년 정년을 맞아 한정호·김봉호가 엮은 박태일 관련 비평집 『박태일의 시살이 배움살이』가 나왔다. 현재 경남대학교 국어국문학과 명예교수이다.

jiook2@hanmail.net

연변 나그네 연길 안까이

초판 1쇄 발행 2023년 11월 3일

지은이 박태일
펴낸이 강수걸
편집 강나래 신지은 오해은 이선화 이소영 김소원 이혜정
디자인 권문경 조은비
펴낸곳 산지니
등록 2005년 2월 7일 제333-3370000251002005000001호
주소 부산시 해운대구 수영강변대로 140 BCC 626호
전화 051-504-7070 | 팩스 051-507-7543
홈페이지 www.sanzinibook.com
전자우편 sanzini@sanzinibook.com
블로그 http://sanzinibook.tistory.com

ISBN 979-11-6861-188-7 03810